狐の婿取り

—神様、案ずるの巻—

CROSS NOVELS

松幸かほ

NOVEL:Kaho Matsuyuki

みずかねりょう

ILLUST:Ryou Mizukane

CROSS NOVELS

琥珀《こはく》

かつて八本の尻尾を持っていた狐の神様。涼聖の愛の力により、最近四本目の尻尾が生えてきた。ちょっと天然。

香坂涼聖《こうさかりょうせい》

診療所の医師。琥珀の恋人で陽の父親的存在。気づけば多くの神様と知り合いになっているが、本人は至って普通の人間。

陽《はる》

妖力を持っているチビ狐。琥珀に預けられてスクスク元気に成長中。集落のアイドルで、食べることが大好きなお菓子星人♡

CHARACTERS

伽羅

きゃら

かつては間狐だったが、現在は主夫的立場に。涼聖の後釜を狙う、琥珀大好きっ狐《こ》。デキる七尾の神様。

白瑩（シロ）

しろみがき

香坂家にずっと暮らしている座敷童子のなりかけ。涼聖と千歳の遠いご先祖様。柘榴と何やら縁がある…？

柘榴

ザクロ

「千代春君《ちよはるぎみ》」を探しているらしい赤い目を持つ男。シロに接触を試みるが、その真意は…？

黒鉛

こくえん

柘榴が従っている、謎の男。
怪しげな場所で「幸寿丸《こうじゅまる》様」のために、何やら儀式を行っているようだが…？

CONTENTS

CROSS NOVELS

CONTENTS

狐の婿取り

神様、案ずるの巻

Presented by
松幸かほ
Illust
みずかねりょう

Presented by
Kaho Matsuyuki
with
Ryou Mizukane

1

朝の静かな台所は、ジュージューと卵を焼く音と、焼き鮭の香ばしい香りが漂っていた。

空いているコンロには、あとは味噌《みそ》の投下を待つだけの味噌汁用の鍋がかけられている。

紛うかたなき、朝食の準備である。

その準備をしているのは、この家の家主である涼聖《りょうせい》だ。

涼聖は手際よく調理をしながら、昨夜のことを思い返していた。

『逃げんのは、やめにする』

涼聖が偽らざる気持ちを言葉にしたあと、琥珀《こはく》はただ黙していた。

涼聖にしても今すぐに何らかの返事を得たいわけでも、そして今回のことに関して問い詰めたいというわけでもなかった。

ただ、「神様」の世界のことを知らない自分が、口を挟んでいいとは思えなかったので、これまではどうしてもという場合以外は「外野」として見守ることにしようと考えていたのだ。

だが、「知らない」ことと「知ろうとしない」ことは別だろう。

仮に、家族が病気になれば、その病気について調べる。

それは当然のことだろう。

しかし、琥珀のこと――「神様」の世界のことを、涼聖は積極的に知ろうとはしなかった。

理解できないと思い込んでいたのかもしれないし、関わっていい世界だと思っていなかったのかもしれない。

その理由は自分でも分からないが、おそらくはよく言われる「触らぬ神に祟《たた》りなし」という言葉に代表されるような、「神様」つまり「人知の及ばないもの」に対しての思い込みに近いものがあったのだろう。

だから、これまでそうしてきたのだ。

それでいいと思っていた。

倉橋《くらはし》が眷属《けんぞく》になったと聞くまでは。

しかも、その夜に起きたあの事態。

明らかに、伽羅《きゃら》は命を落としかけていた。

もし、あれが琥珀だったら。

――物分かりのいい顔をして送り出して、橡《つるばみ》さんに万が一のことがあったら、俺は一生後悔するから――

倉橋の言葉が脳裏から離れなかった。

「線引き」なんていう耳触りのいい言葉で自分は理解しようとすることをやめたのではないかと、そう思えたのだ。

琥珀は、ただじっと涼聖の顔を見ていた。

その表情にはわずかに戸惑いがあり、涼聖の言葉の意味を計りかねているようにも、そして、何から話せばいいのかを思案しているようにも感じられた。

ただ、涼聖は琥珀を責めたり問い詰めたりするつもりで告げた言葉ではなかった。

これまでとは関わり方を変えていきたい、という自分の覚悟を知ってほしかっただけだ。

——とりあえず、今夜はここまでにしたほうがいいな……。

涼聖が何らかの説明を求めるだろうことは琥珀もある程度は想定していただろうが、涼聖の発言は琥珀にとっては多少、想定外だっただろう。

琥珀は決してその場しのぎの適当な言葉で切り抜けるというようなことはしないのも充分知っている。

——琥珀にも、時間がいるだろうし。

そう思って腰を上げようとした時、

「……すべてにおいて、話さねばならぬことが多い。だが、何からどう話せばいいのか、分からぬ」

琥珀は静かな声で言った。

その言葉には琥珀らしい誠実さがあり、涼聖は頷《うなず》いた。

「ああ。俺も、今すぐいろんなことを聞かせろってつもりはない。ただ、おまえたちの世界のことをちゃんと知りてえって思ってるって言いたかっただけだから」

そう返して、涼聖はゆっくりと立ち上がった。

「押しかけて悪かった。……おやすみ」

戸口へと向かった涼聖へ、不意に琥珀が名前を呼んだ。

「涼聖殿」

その声に振り返ると、

「……ありがとう」

琥珀は礼を言ってきた。

その礼の意味するところが何なのかは判然としなくて、涼聖は一応、笑ってみせたつもりだったが、半分くらいは戸惑っているように見えたかもしれない、と思う。

事実、その礼に対して、涼聖は何も言葉を返すことができないまま、琥珀の部屋をあとにしたのだった。

――「すまない」じゃなくて「ありがとう」って言われたのは、救いだったな……。

一夜明けた今は、そう思える。

もし謝られていたら、逆に涼聖は罪悪感めいたものを覚えただろう。

謝られるような種類の話ではないつもりだったからだ。

そんなことをつらつらと考えていると、

「りょうせいさん、おはようございます」

「りょうせいどの、おはようございます」

台所に入口のほうから声がして、陽《はる》と、陽の肩に乗ったシロがやってきた。

「ああ、おはよう。陽、シロ。よく眠れたか?」

涼聖の問いに二人は笑顔で頷く。

今日もいつも通りに元気そうだ。

「きょうのあさごはんなに? おさかなのにおいがするから、しゃけ?」

陽が問うのに、涼聖は頷いた。

「正解。甘塩の紅鮭だ」

「べにじゃけのみをほぐして、ごはんにまぜるのすき」

陽がにこにこして言うと、

「われは、おちゃづけがすきです」

とシロも続けた。

「しゃけのおちゃづけも、おいしいからすき。はんぶんはごはんにまぜてそのままたべて、もうはんぶんはおちゃづけにしよっと」

「ふたつたのしめる、よいけいかくです」

陽とシロは朝食のプランニングを始める。

その様子は微笑ましくて、涼聖の気持ちも明るくなる。

「ごはんたべたら、おかたづけして、おかいもの？」

陽が今日の予定を確認してくる。今日は日曜で、街へ買い出しに行く日だ。

「その前に洗濯もしないとな」

「そうだ、おせんたくわすれてた！　ほすまえに、ぱんぱんたたいて、しわをのばすのおてつだいするね」

陽に干し方の手順を教えたのは涼聖だ。

一緒に暮らし始めてすぐ、陽は何かしら手伝いをしたがったので、そう教えたのだ。

その教えは陽から伽羅へと伝わり、気がつけば伽羅は香坂家《こうさか》において不動のおかん…もとい、「スーパー主夫《しゆふ》」と化していた。

——マジで伽羅、早く帰ってこい……。

その伽羅の離脱により、現在香坂家の家事は基本涼聖にのしかかってきている。

陽もできることをして手伝ってくれるし、琥珀ももちろんなのだが、電化製品との相性の悪さは健在で、いつぞやも「これくらいはできる」と克己心から言って掃除機をかけていたが、うっかりビニール袋を吸い込んで詰まらせていた。

まあ、そういうところも可愛いと思うわけだが、やってしまったあとの琥珀は落ち込みが半端なく、それが可哀相なので、できればあまり家事はさせたくない。

家電が絡まなければ大丈夫なので、洗濯物を干したり畳《たた》んだりは大丈夫だ。

とはいえ、これまでは毎日、伽羅が洗濯をしてくれていたが、平日は朝から洗濯をすませるのは難しい。

かといって夜に洗濯物をして干してしまうのは、子供の頃に、染乃《そめの》が「夜干しは縁起が悪い」と言っていたので、気にしなければいいのかもしれないが、気が進まない。

そうなると、休みの日——つまり今日——まとめてということになる。

一度では終わらないだろうから、二度。

さらにシーツなども洗うなら、何度回すことになるだろうか。

もちろん、かかる手間はそう多くはないのだが、一つのことに集中できる時間が短くなるので、効率は下がる。

すでに手が回らない場所も出てきており、風呂場の床はきちんと擦って掃除ができていないので隅のほうに滑《ぬめ》りが出てきているし、廊下の端にうっすら埃《ほこり》が溜まったりもしている。

——火曜の夜までは伽羅がちゃんとやってくれてて、水曜、木曜、金曜、土曜……まだ今日で五日目なのにこれって……。

昨日は午後からの往診に少し時間がかかり、戻ってきたのは四時過ぎだった。

その時刻からだとできる家事は限られていて、大半が今日に持ち越されている。

マルチタスクを順当にこなす世の主婦及び主夫の偉大さを、涼聖はまざまざと体感していた。

そんなことを考えていると、身支度を終えた琥珀が台所に姿を見せた。

「あ、こはくさま、おはようございます」

「こはくどの、おはようございます」

陽とシロが挨拶《あいさつ》をする。

「ああ、おはよう。……二人とも、もう顔は洗ったのか？」

パジャマ姿のままの二人に、琥珀は問う。それに二人は、あっ、という顔をした。

「まだ！　おきたら、おいしいにおいがしてたから、おだいどころにさきにきちゃった。シロちゃん、おかおあらいにいこ」

陽はそう言うとシロとともに顔を洗いに洗面所へと向かう。二人を見送ってから、琥珀は涼聖に視線を向けた。

昨夜のことがあり、互いにいつも通りとはいかない——少なくとも涼聖はそうだったが、今それに触れるつもりはなかったし、琥珀とてそうだろうと、

「おはよう。もう鮭が焼けてるから、グリルから出して皿に載せてくれるか」

涼聖は琥珀に手伝いを頼んで、流す。

琥珀もその意図を汲んで、

「分かった」

そう言うと食器棚から皿を取り出した。

そのままでき上がる料理を順番に二人で居間へと運び終える頃、陽とシロが着替えをして部屋

から出てきた。

「じゃあ、食おうか。いただきます」

涼聖が言うと、琥珀、陽、シロも「いただきます」と続けて、朝食が始まる。

「んー！　やっぱりりょうせいさんのたまごやき、おいしい」

真っ先に卵焼きを口に運んだ陽がご満悦そうに言う。

「そうか？　でも一昨日も作ったし、食べ飽きないか？」

おいしいと言われて悪い気はしないというか、嬉しいのだが、涼聖の料理のレパートリーはもともと、そう多くない。

加えて、ほぼ伽羅に任せきりにしてきたため、新しい料理を覚えるということもなく、今はその少ないレパートリーで回している。

特に朝ご飯は、涼聖自身実家暮らしをしていた頃も、一人暮らしをしていた頃も決まったもの――パンに卵とコーヒーである――ですませていた。

毎日、何かしらメニューが違うなどという贅沢な構成は、伽羅がいてこそである。

だが、陽は伽羅の食事に慣れているので、毎日何か違うものが出てくるのが普通かもしれない。それなら毎日、似たようなものしか出ない朝食は退屈で、食べ飽きてしまうのではないかと思ったのだが、

「りょうせいさんのたまごやきは、ほんとうにおいしいから、まいにちたべても、ぜんぜんだい

じょうぶで、うれしいの」

陽はにこにこしながら言う。その隣でシロも頷き、

「おいしいものは、まいにちでもあきません」

驚くくらいまっすぐな目で言ってくる。

「ピーナッツバターもまいにちでもだいじょうぶだよ」

「あのこうばしいあまさは、たしかに」

陽のピーナッツバター推《お》しは相変わらずで、ピーナッツバターと各種ジャムを箱推ししているシロも陽に同意を示す。

「じゃあ、今日は食パンを買ってきて、明日は久しぶりにパンの朝飯にするか」

涼聖が言うと、陽とシロは笑顔で頷く。

伽羅のパン作りは定番化していて、その週によって二日になるか三日になるかは分からないのだが、焼き立てパンでの朝食の日があった。

しかし、当然ながら伽羅の不在で焼き立てパンはなくなり、涼聖もそこまで気が回らなかったので、朝食は和食が続いていた。

なんやかんやととりとめのないことを話しながら朝食は進み、そろそろ箸《はし》を置くという頃合いで、不意に琥珀が何かを察知したような顔を見せた。

その様子に、涼聖は不測の事態が起きたのかと一瞬緊張したが、それを問うより先に、

「「失礼いたします」」

綺麗に重なった、そしてあまり聞き覚えのない声が聞こえてきた。

日曜の朝に訪ねてくるような客は基本的にいない。

いたとしても集落の誰かだ。しかし、その声に聞き覚えがないとすれば、それは涼聖ではなく琥珀の関係だろう。

そこまで思った時、その客が居間から見える庭先に姿を現した。

「あ……」

肩のあたりで切りそろえられた髪をした双子である。

その顔には見覚えがあった。

「おまえら、確か……」

涼聖がそう言った時、誰よりも先に陽が立ち上がり、廊下へ小走りで出迎えた。

「ほんぐうのふたごのおにいさん！　おはようございます」

ぺこりと頭を下げて陽は挨拶をする。

「「おはようございます、陽殿」」

見事なくらいのハモりで二人は挨拶をしてから、涼聖と琥珀に向かって頭を下げる。

琥珀は軽く頷いてから立ち上がると、陽の隣に向かった。

「朝凪殿《あさなぎ》、夕凪殿《ゆうなぎ》、いかがされた？」

その問いに双子は顔を見合わせ、頷いてから一人が口を開いた。

「伽羅殿より、家事を手伝うようにと言われて参りました」

「伽羅から？」

琥珀より先に、涼聖は驚いて声を出した。それに双子は揃って頷く。

「香坂殿は仕事でお忙しくされているので、家事まで手が回らぬだろうと」

説明を聞き、琥珀は涼聖を見た。どう対応したものか、と問う表情に、

「とりあえず、上がってくれるか？　話を詳しく聞かせてほしい」

涼聖が琥珀と、そして双子に視線を向け言う。

それを聞いていた陽は、

「げんかん、こっちだよ！」

廊下を玄関のほうへと、双子を誘導する。

双子は涼聖と琥珀に会釈をすると、玄関のほうへと向かっていった。

少しして、陽に先導されて双子が居間に顔を見せた。

空いた場所に適当に座ってもらい、とりあえずお茶を出してから、話を聞いた。

「伽羅からの指示でここに来たってことだけど、本宮《ほんぐう》からの了解も出てるってことでいいんだよな？」

「「はい」」

返事はやはり綺麗《きれい》にハモっていたが、双子は顔を見合わせてから、どちらが主に話すかをアイコンタクトで決めた様子で、

「昨日、伽羅殿よりその任をいただきました」

と朝凪が続ける。

「え、昨日の今日で来てくれたのか？」

涼聖は驚いた。

「双子さんたちだって、本宮の仕事があって忙しいんじゃないのか？」

具体的に本宮での仕事というのがどのようなもので、どの程度忙しいのかは分からないが、決して暇なわけではないだろう。

「私たちは今、接待部に所属していて、今回、療養に戻られた伽羅殿のお世話を」

その言葉で涼聖はあらかたを察したが、口を挟まず、説明の続きを待つ。

「お目覚めになられた時には、もう身の回りのことはできるようになっておいでで、自分のことはいいからこちらの手伝いに伺うようにと」

やっぱり、な流れだった。

◇◆◇

水曜日の深夜――日付は変わっていたので木曜になっていたが――に本宮に戻った伽羅は、そのまますぐに治癒院《ちゆいん》へと運ばれた。

何度か、意識確認のために術《じゅつ》を緩められて目覚める以外では、強制的な睡眠で治療を優先させられ、そのおかげで金曜の夜には傷はすべてふさがり、二尾――正確には一尾半程度にまで減っていた尾も、三尾に戻っていた。

もう大事はないだろうということで、土曜の朝、つまり昨日の朝には本殿の客間に移され、その午後には琥珀と水晶玉で話せるようにまでなっていた。

とはいえ、回復途上であることは間違いなく、人の姿をとるにはそれなりに気力も体力もかなり使うため、琥珀たちと水晶玉で話した時以外は、狐《きつね》の姿に戻って省エネモードで回復にすべての力を注ぎこんでいる状態である。

その状態で、ふと伽羅は思った。

できる限り、早く香坂家に戻りたい。

家事は意外と時間が取られる。

伽羅は主夫として時間が取れるからこなしているが、自分が不在となる間は、涼聖が診療所と家事をワンオペでこなすことになる。

いや、琥珀や陽、シロも手伝いはできるが、どこまで戦力になるかは疑問だし、琥珀とて診療所を手伝っているのだから暇なわけではない。

となると、細かいところまでは行き届いていないだろう。

というか、伽羅が細かな場所まで行き届かせすぎているのだが、そういう性分だから仕方がない。

——換気扇、帰ったら外して洗おうと思ってたんですよね——……。

年末にも掃除してはいるが、伽羅は半年に一度は換気扇を掃除することにしている。

一年に一度だと、汚れが酷くて手間取ることを経験で理解しているからだ。

できる限り急いで帰ったとして、本調子ではない中では、思うように家事はできないだろう。

本調子になるまで本宮にいる、という手もあるが、その場合、行き届かない場所はさらに増えているはずだ。

——俺が戻ってから全部するってことに……？

不在の間に、家の中がどうなっているかをシミュレートし、

——え、やだ。

リアルに布団の中でそう思った時である。

「「伽羅殿、失礼いたします」」

廊下から綺麗にハモった声が聞こえ、静かに襖戸が開いた。そしてやはり静かに部屋に入ってくる二人の気配がした。

「寝ていらっしゃる?」

「おそらく」

布団にもぐりこんで丸まっている伽羅の様子を探る声に、伽羅はのそのそと体を動かし、布団の外に顔を出した。

「起きてますよ」

「あ」

顔を出し、入ってきた人物を確認した伽羅は、驚いた様子の双子に、ああ、と胸のうちで納得するように息を吐いた。

「おまえたちでしたか」

「お起こししてしまいましたか?」

相変わらず綺麗に声をハモらせる双子だなと妙な感心をしつつ、

「いえ、じっとしていただけで、寝ていたわけではありませんよ」

と答えると、二人は安心した顔を見せてから、伽羅の布団の脇に腰を下ろし、

「伽羅殿のおそばにつかせていただくことになりました」

深々と頭を下げる。

「頭を上げて。確か、朝凪と夕凪、でしたね」

伽羅が名前を呼ぶと、頭を上げた二人は嬉し気な顔をして頷いた。

伽羅とは面識があるとはいえ、本当にそれだけだ。

まあ、その面識を持った最初が、香坂家への泊まりこみだったので、多少濃い面識ではあるが、それ以降は、特別話をしたとか、そういったことはない。

勧請稲荷《かんじょういなり》である伽羅は基本的に任地にいるし、他の勧請稲荷に比べれば本宮に顔を出す機会は多い――というか、白狐《びゃっこ》に呼び出されてちょいちょい戻ってくることになっている――が、そんな時でも、たまたま居合わせて顔を見た程度で、顔と名前を一致させていてくれたなどとは思いもしなかった。

せいぜい「あ、前にうちに来たことのある双子ですねー」くらいだと思っていたのだ。

なので、名前まで覚えてくれていたことには感動した。

そんな感動をしている双子に、伽羅は聞いた。

「俺のそばにってことは、今は接待部に？」

「「はい」」

接待部は、任地から報告のために戻ってくる勧請稲荷や、琥珀のような本宮系列ではない稲荷、そしてまったく違う神族などがやってきた際に、その身の回りの世話を行う部署である。

部屋係として配属される見習いの小狐も接待部の所属なのだが、小狐が部屋係を任されるのは本宮出身の稲荷や、外部稲荷でも幾度か招かれ性格が穏やかな者に限っている。

理由はもちろん、見習いゆえに粗相《そそう》をすることもあり、多少の部分は微笑ましく見守って「育

てよう」と思ってくれる相手に限定しているのだ。

それ以外の客には、きちんとした接待部の稲荷が対応する。

もっとも、客の希望があれば小狐をつけるので、月草《つきくさ》が来ることがあれば小狐が部屋係になるだろうなと伽羅は思っている。

その伽羅は、帰ってきても部屋係をつかせることはない。

部屋係を置くほど、部屋に滞在していない——つまりは、しっかりこき使われている——し、また自身が部屋係をしていたので、接待部のことは勝手知ったる古巣となり、自分の必要な時だけ声をかけておくほうが効率がいいのである。

しかし、それは健康な時で、今は違う。

そのため、部屋係をつけてくれたのだろう。

そういった配慮は充分に分かる。

分かるが、それ以上に伽羅には差し迫った問題があった。

「接待部ということは、掃除洗濯は一通りできますね？」

その問いに双子は顔を見合わせてから、頷いた。

「「はい。一通りは」」

「どちらか一人、代表して話せますか」

綺麗なハモりではあるが、この先意見の食い違いとまではいかずともニュアンスの違いなどでばらつく可能性も考慮し、どちらかに代表させることにした。

それに頷いたのは朝凪のほうだった。

伽羅は問いを続ける。

「料理は、できますか?」

「簡単なものであれば」

それというのも、客の中には夜食を欲する者もいるからだ。

気の摂取だけで事足りるとはいえ、人界任務の長い稲荷は、食事をすることにも慣れており、空腹というよりは、味覚の満足や、習慣という意味合いで食べ物が欲しくなる。

最初から夜食が必要だと分かっていれば厨《くりや》に頼んでおくが、そうでない場合は部屋係が対応することになる。

そのため、軽食――味噌汁、おにぎり、何か小鉢を一品くらいは準備ができるように、厨で指導を受けている。

朝凪の返事に伽羅は頷くと、

「俺は基本寝て過ごしますし、食事も気の摂取だけで大丈夫ですから、頼むほどの身の回りの世話はありません」

そう言ってから、

「おまえたち二人をそばに置きたくないというわけではありませんよ。ただ、俺の身の回りの世話以上に、世話をしてほしい相手が別にいるんです。そっちのほうが気がかりで、気が休まらないというか……」

双子が気を悪くしないように、事情を説明する。

「伽羅殿以上に、世話をしてほしい相手、ですか？」

朝凪は呟いてから夕凪を見て、そして二人同時に首を傾げる。

――双子ってここまで同調するもんです？

稲荷業界には、一卵性、二卵性含め双子はそう珍しくない。そもそも、狐は一度に数匹を生むし、一卵性の双子の場合、片方に稲荷の素養があればもう片方にも素養があることが多い。

双子と言われて、今、真っ先に伽羅の脳裏に浮かぶのは、黒曜《こくよう》のもとにいる暁闇《あけやみ》と宵星《よいぼし》だが、あの二人はそれぞれに個性が強い。

――まあ、双子っていってもいろいろありますしね……。

そんなことを胸のうちで思いながら、伽羅は、

「香坂殿たちです。香坂殿は集落でただ一人の医師として飛び回っておいでですし、琥珀殿もその手伝いで忙しくしておいでです。龍神《りゅうじん》殿は力を溜めるため、寝てお過ごしのことがほとんどですし、陽ちゃんとシロちゃんはお手伝いのできるいい子とはいえ、幼いですから」

と説明する。

それに双子は頷いた。

「そのため、俺が家事を一手に引き受けていましたが、不在の間、不自由をさせるかと思うと忍びなくて。……香坂家に二人で行ってもらえませんか」

「香坂家に……」

「ええ。二人なら、香坂殿にも面識がありますし、その時にも家のことは一通り知っているでしょうから、俺としても安心して任せられるんですけど」

伽羅の言葉に二人は顔を見合わせた。

「……私たちの一存では判断できませんので、他の稲荷と相談の上、改めてお返事をということでかまいませんか？」

もちろん、ここですぐ返事を、などと言うつもりは伽羅にもなかった。朝凪がそう言わなければ伽羅から、接待部の上役の稲荷に相談してみてくれと話すつもりだった。

「もちろんですよ。ただ、急かして申し訳ありませんが、できるだけ急ぎで返事が欲しいんです。家事は毎日のことですから」

「今日中にはお返事を」

という言葉に、伽羅は満足げに頷いてから、

「では、それまで寝て待つとしましょうか」

そう言うと、再び布団にもぐりこんだ。

それからすぐに眠ってしまったようで、目を覚ましたのは再び双子がやってきた時だ。

二人は上役の稲荷と話し、香坂家へ向かう了承を取り付けてくれていた。

そして、二人は朝からこうして来てくれた、というわけである。


「なんか、申し訳ない……」

朝凪の説明を聞き終わり、涼聖は呟いた。

「いえ、伽羅殿のお言葉はごもっともです。気がかりのある状態では、落ち着いて療養というわけにもいかないでしょうし」

朝凪が言うのに、

「伽羅殿のようには参りませんが、力を尽くさせていただきます」

夕凪が続ける。

「つってもなぁ……、伽羅は好きでやってくれてたけど、わざわざって」

『神様』がわざわざ家事を担うために派遣されてきた、などということを、「あ、助かります」と軽く受け入れていいとも思えない。

伽羅は気がつけば家事を趣味にしていたから、全力で厚意を受け取っていたが。

やや困った様子の涼聖に助け船を出したのは琥珀だ。

「その役目を担っておいでになったのだ。断っても、二人が困るだろう」

それに双子は全力で頷いた。

「お戻りになった時のことを、心配されていて……このとおり、私たちにもこれを」

朝凪はそう言って持ってきたカバンの中から一冊の和綴《わと》じの帳面を取り出した。

表紙には、涼聖にはサッパリ読めないが、流麗な行書体でタイトルが書かれていた。

「ん？　家…事、か？」

何とか読める漢字を読み上げると、

「家事指南書です」

夕凪が答える。

双子が香坂家に来ることが決まってから、伽羅は手だけを人のものに変えて、この指南書を一気に書き上げた。

中には一日のルーティン、そして曜日ごとに行う場所別掃除についてのほか、双子の少ない料理のレパートリーの中からバリエーション対応できるレシピと、時短メニュー、そして買い出しで頼むべき食材リストが別添付されていた。

「分からぬことがあれば、水晶玉で指導を行うと」

朝凪の言葉に、

「オンラインレッスン付きかよ……」

至れり尽くせりすぎて、涼聖は呆れる一歩手前である。

「ここまで準備を整えておいでだ。お願いしてはどうか」

という琥珀の言葉に続いて、

「ふたごさん、しばらくおうちにいるの？」

成り行きを見守っていた陽が目を輝かせる。

それに涼聖が答えるより早く、

「「伽羅殿がお戻りになるまでは」」

双子がハモった。

「じゃあ、いっしょにあそんだりできる？」

もはや陽の中では、双子がここにいるのは決定事項になってしまっているのが分かり、それに水をさすのはどうにも躊躇《ためら》われたし、琥珀の言葉から察するに、二人も帰るに帰れない、という様子である。

「なんか、ホント悪い。助けてもらえるのは、すげぇありがたい」

涼聖が返すと、双子はホッとした様子で頷き、

「「おまかせください」」

やはり声を揃えて言った。

◇◆◇

丁度、朝食を終える頃だったので、話のあと、涼聖は双子に洗濯用品の置き場や掃除用具の収納場所など、家事をしてもらうにあたって説明が必要だろうと思える場所を案内した。

二人はそれぞれにメモを取り、一通り説明を受けると、伽羅の指南書をもとに二手に分かれてきぱきと家事を始めた。

陽とシロは二人の手伝いをしながら、伽羅のことはもちろん、秋の波《あきのは》や白狐がどうしているかなどを聞いていた。

伽羅については、昨日の午後に水晶玉で話をしているので陽とシロも様子は知っているのだが、それでも二人からも聞きたいようだった。

「こちらに来る前にご挨拶に伺ったところ、布団の中から顔と尻尾を出してお見送りしてくださいましたよ」

「少し眠たそうでした」

普段の伽羅からは考えられない自堕落っぷりだが、それだけまだ体がキツいのだろうと、涼聖は新聞に目を通しながら聞いていた。

秋の波と白狐に関しては、本殿の中を遊び相手を求めてうろつく……いや、散策している秋の波はともかくとして、白狐とはあまり会う機会はないらしい。

とはいえ、まったく見ないというわけではなく、

「少し前になりますが、師走の末頃、確か人界の『くりすます』とかいう行事の頃ですが、お二人で皆にプレゼントを配られました」

「白狐様が、トナカイ？　とかいう大きな鹿《しか》のような動物の役をなさって、鹿の角のカチューシャと赤い電飾を鼻につけて、本殿の廊下を赤い服と帽子をかぶられた秋の波殿の乗ったソリを引いて練り歩かれたとか」

直接見たわけではなく写真を見たのだと二人は言っていたが、正直言って、何やってるんだと思う。

秋の波は子供だから――純粋な子供ではないが――いいとして、白狐は稲荷を統べる立場のはずだ。

それがトナカイのコスプレで本殿を練り歩くというのは、どうなのかと思うのだが、香坂家にも九尾のすべてに色の違う鈴付きのリボンを付けた上に赤いサンタ帽をかぶって遊びに来たことを思いだした。

――それでいいのか、本宮……。

妙な心配をしてしまう涼聖だが、もう一つ、今の話で心配なことがあった。

サンタの正体である。

陽とシロはサンタクロースの存在を信じている。

だが、今の白狐と秋の波がサンタになってプレゼントを配った、と聞いて、陽が何か疑問を持つのではないかと思ったのだ。

しかし、

「ほんぐうには、サンタさんがこられないって、まえにあきのはちゃん、いってた」

「だから、サンタどののかわりをなさったのですね。おやさしいかたです」

二人はそう言って納得して、涼聖に話を振ってくることはなく、安堵した。

できる限り子供の夢は守ってやりたいのだが、夢を守ることは「嘘《うそ》」にもつながる。

それもまた、どうかと涼聖は思うのだ。

子育ての難しさをしみじみと感じているうちに、買い出しに行く時刻になった。

涼聖の車は五人乗りなので、双子にも一緒に行かないかと声をかけたのだが、

「いえ、今日のうちにやっておきたいことがまだまだありますので」

と辞退し、代わりに購入食材のメモを渡してきた。

こうして、涼聖は琥珀と陽と一緒に買い物に出かけた。

いつものように昼食を向こうですませ、頼まれたものを中心に他のものも購入して、おやつ時に家に戻ってきた。

「ただいまー！」

陽が元気よく挨拶をして玄関を開けると、すぐに双子がシロと一緒に迎えに出てきた。

「おかえりなさいませ」

「お疲れ様でした」

迎えに出た三人に、

「おやつに、ケーキかってきたよ！」

陽はにこにこ顔で告げる。

「ケーキ！　ごうせいです……」

シロが嬉しさをあらわにする。

基本的に平日のおやつは、陽が買うお菓子を小分けにしたものや、集落の住民からの頂き物であることがほとんどだ。

診療所の休みの時は買い物ついでに購入してくることもあるが、伽羅が手作りすることも多く、ケーキを買うのは何か特別な時に限られる。

今日は双子が来てくれているのでケーキを買ってきたのだ。

「手洗いとうがいをしたら居間に集合」

荷物を持って入ってきた涼聖が言うと、陽は「はーい」と返事をしてシロを肩に乗せて洗面所に向かう。

「これ、頼まれてた食材と、俺が好みで買い足したのも入ってる。冷蔵庫に入れるものだけ適当につっこんだら、二人も居間へ来てくれ。みんなでケーキ食おう」

涼聖が言うと二人は驚いた顔をした。

「私たちもですか?」

「当然だろ? 飲み物はどうする? ケーキだからコーヒーか紅茶が合うと思うけど」

それに二人は戸惑った様子を見せたまま顔を見合わせている。

その様子に、

「私と陽は紅茶にするが、そなたたちも同じでよいか?」

琥珀が、一緒にケーキを食べるのは決定事項であることを前提に、飲み物についても答えやすいように聞いた。

「あ、はい」

戸惑っていても、見事なハモりは保たれるんだなと、どうでもいいことに感心しながら、涼聖は家に上がった。

琥珀と陽——とシロも紅茶だ——にくわえ、双子も紅茶に決まったので、普段はコーヒーの涼聖だが、もう一緒に紅茶でいいか、と今日は全員が紅茶になった。
「ほうじ茶のような色なのですね」

「ほうじ茶よりも赤みが強くて、香りは柔らかです」

双子は紅茶が初めてだったらしく、その色と香りを確かめる。

「茶葉によっていろいろあるみてぇだけどな。伽羅はそのあたりも凝ってて、何種類か持ってるけど、今日は普通のティーバッグを使った」

集落の洋菓子作の名手である手嶋《てしま》にあれこれ習っている伽羅は、手嶋の影響で紅茶にも興味を持ち、代表的な茶葉からダージリンとアッサム、ディンブラ、ウバの四種類を買って、あれこれ飲み比べたり、出すお菓子によって茶葉を替えたりしてくれている。

しかし、自身が気軽に飲んだり、あとは陽が一人でも飲めるようにと、リーズナブルなティーバッグもあり、涼聖が使ったのはそちらのほうだ。

「あさなぎさん、ゆうなぎさん、ケーキはどれにする？」

陽はケーキの箱を開きながら二人に問う。

「いえ、私たちは残ったものを」

「どうぞお先にお選びください」

遠慮して返してくる二人に、

「おきゃくさまから、えらんで。あのね、このおみせは、くだものやさんがだしてるおみせだから、くだもののケーキがすごくおいしいの。いちごのショートケーキは『てっぱん』なんだって。でも、きせつのくだもののケーキもきせつごとにあじがちがっておいしいし、きせつのタルトはさくさくしたタルトきじがおいしいの」

陽は猛然とプレゼンを始める。それに続いて、

「とはいえ、チョコレートケーキも、またぜっぴんなのです」

シロも思案気に言う。

全種類のプレゼンが終わる頃には、双子はすっかり迷ってしまい、どれを選んでいいか分からなくなった。

なにしろ、お菓子星人である陽にかかると、すべてのものがおいしそうに思えるし、それにプラスαのコメントを添えてくるシロまでいるので、ますます選び難い。

「今日のケーキは全部、陽セレクトだから、どれを選んでもうまい。パッと見で一番好みの見た目のものを選ぶってのもアリだ」

涼聖が助け船を出すと、双子は頷いて、せーの、で選ぶ。

「……ここは好みが違うんだな」

同時に指さしたにもかかわらず、二人は違うケーキをさした。

朝凪はチョコレートケーキ、夕凪はフルーツタルトだ。

「ふたごといえど、やはりこのみがでますね」

シロが納得しながらコメントする。

「陽とシロはどれにする?」

朝凪と夕凪にケーキを取り分けてやりながら涼聖が聞くと、陽とシロは互いに顔を見合わせてから、

「フルーツケーキ！」

「さいしょから、きめておりました」

同時に指さし、息が合ったところを見せる。

琥珀はさつまいものモンブラン、涼聖はいちごのショートケーキと選び終えたところで、おやつタイムが始まった。

「……この、こくのある甘味…」

「こちらの果物の下にある白い餡のようなものと、果物の酸味が見事…」

朝凪と夕凪は、自分の選んだケーキを食べて目を見開く。

「おいしいでしょう？」

陽が言うのに二人はこくこくと頷いた。

その様子にプレゼンした陽とシロは満足げに笑みを浮かべる。

「けぇき、についてては話に聞いたことはあったのですが、食べるのは初めてで」

「人界からお戻りになる稲荷の方々で甘味好きの方が、あれこれ情報交換をされている理由が分かる気がします」

朝凪と夕凪が言うのに、

「え？　ケーキ、初めてだったのか？」

涼聖が問うと二人は頷いた。

「本宮では食事は和食が基本ですので、甘味も練り切り、大福などになります」

「それに私たちは、食事もあまり必要ではありませんので……」

双子が言うのに続いて陽も頷きながら、

「ほんぐうにいったとき、おかしは、ひがしばっかりだったよ」

あまいけど、しろくて、ちいさくて、かたいの、と陽は続ける。

本宮に行った際、お菓子星人である陽が堪え難かったことの一つが、「お菓子が干菓子ばかり」ということだった。

食事もなかった――一緒にいた他の仔狐たちもだ――し、琥珀とも会うことができなかった。

寂しさと、変わりすぎた食生活を拗らせて、陽は家出ならぬ本宮出をした。

陽にはそんなつもりはなく、確実に会うことのできる涼聖に会うために、涼聖を駅まで迎えに行ったに過ぎないのだが、止められると思い黙って出てきたので、大騒動になったのだ。

「ワッフル、かってかえったら、みんなはじめてってよろこんでた。びゃっこさまも、おいしいってたべてたよ」

駅で琥珀や伽羅と合流し、本宮に戻る際にお詫びの手土産として伽羅がワッフルを購入していき、仔狐たちに振る舞われ、甘味と言えば干菓子しかなかった仔狐たちに味覚革命が起きた……

と噂に聞いている。

「まあ、うちの手伝いをしてくれる間は、一緒にみんなで飯を食おう」

涼聖が言うと双子は頷き、それから互いのケーキを味見し合う。

こうして和やかなおやつタイムのあと、涼聖たちは洗濯物の取り入れを、双子は夕食作りを、と分担しあうことになった。

双子は、涼聖たちの手を煩《わずら》わせるわけには、と言っていたが、

「伽羅殿がいる時も分担している。むしろ料理や他の部分の掃除を担ってもらえてありがたい限りだ。……廊下の隅に少し埃があったのに気づいてはいたものの、ついあとまわしにしていたのだが、掃除をしてくれたのだな」

毎日綺麗に掃除をしていても、生活をしていれば埃は溜まる。

今は半野良のきなこもいて、きなこは部屋には入ってこないが、廊下は共有スペース？ になっているので、きなこの毛づくろいした毛などが端に溜まりやすいのだ。

琥珀の言葉に双子は頷いた。

「今日はとりあえず、一通りをざっと済ませただけです」

「細かな部分は明日から、分割して進めようと思っております」

その返事に、

「適当に、ざっとで充分ありがたいぞ」

涼聖は言うが、双子は頭を横に振った。

「いえ、お戻りになった際の伽羅殿の点検に引っかかりますから」

「埃一つ、見逃せません」

至極真面目な顔をして双子は言う。

その言葉に、涼聖の脳裏では世界の名作シリーズに出てくる女子学校の校長が、窓の桟《さん》を指でなぞり「この埃は何ですか」と厳しく指摘するシーンが、伽羅の姿で再生された。

「……まあ、あいつ、うちのスーパー主夫稲荷だから…」

苦笑いする涼聖に、双子はやはり真面目な顔で頷くのだった。


おやつのあと、双子が夕食作りをしてくれることになったので、涼聖たちは洗濯物を取り入れて畳むことにした。

「香坂殿方の御手を煩わせるわけには」

と双子は言っていたのだが、陽が、

「きゃらさんがいるときも、おてつだいしてるよ」

と言ったので、分担することになった。

几帳面に綺麗に伸ばされて干されていた洗濯物は、涼聖のシャツでさえ、アイロンは必要なさそうだった。

伽羅の指南書に干し方まできちんと書かれているのか、それとも接待係としての心得かは分からないが、涼聖はとにかく心強い二人が来てくれたなと思いながら、取り入れた洗濯物を畳む。

陽はシャツなどの形が複雑なものはうまく畳めないが、四角いものを四角く畳む――ハンカチやタオルなどだ――のはうまくできるので、取り入れた洗濯物からそれらばかりを選んで畳んでくれている。

シロは畳む際の小じわを引っぱって直したり、とにかくそれぞれに「できること」を分担している様子だ。

それを見ながら、陽とシロがいてくれてよかったと密かに思う。

琥珀と二人だと、正直、少し気まずかっただろう。

互いに、眷属の件を含め、わだかまりがないわけではない。

とはいえ、すぐに答えの出る話でもないから、しばらくはこの微妙な緊張感が続くのだろうと思う。

――眷属、か……。

仮に琥珀が、自分に眷属にならないかと持ち掛けてきた時、自分はどう答えるのだろうか。

受け入れるのか、否か。

倉橋の様子からは、眷属について事前に知っていたわけではなさそうで、橡に言われて即断即決、といった様子に感じられた。

正直、倉橋らしいと思う。

繊細に思える見た目に反して、中身は剛毅《ごうき》、を地で行くのが倉橋だ。

おそらく、涼聖なら考えさせてくれと言っただろう。

――俺が悩むって分かってて、琥珀は言わなかったのか……？

そういったことも含めて、改めて話したいとは思う。

だが、どこかで先延ばししたい自分もいた。

琥珀のことを――神様の領域のことも含めて知りたいと思いながらも、そこに続く自分の決断や感情には、踏ん切りがつけられない。

そんな惑いに思考を奪われかけた時、

「こはくさま、りょうせいさん、ぜんぶたためたよ！」

陽が自慢気に報告してくる。

見てみると几帳面に畳まれたタオル類が陽の前にドンと積まれていた。

「おー、すごいな。あとで一緒にしまいにいくか」

「うん！」

陽が笑顔で返す。

徐々に夕暮れが迫る時刻。

台所からは双子が準備する夕食の香りがしてきていた。

2

本宮はいくつかの部署に分かれている。

そのうちの一つが術部《じゅつぶ》だ。

術部の奥の一室に留め置かれている影燈《かげとも》は、部屋の前の廊下を小さな足音が近づいてくるのに気づいた。

その足音は扉で止まると、すぐにノックされ、

「かげともー、おれだけど、はいってい－い－?」

幼い声が聞こえてきた。

「ああ」

短く返すとすぐに扉が開き、秋の波が姿を見せた。

「げんき?」

にこぱっ、と笑って聞いてくる時点で元気を確信しているし、なんなら会うことができるようになってから毎日来ているのだから、大丈夫だと知っているはずだ。つまりこの「げんき?」は、挨拶を兼ねてものだ。

「元気だぞ。おまえも元気そうだな」

「げんきはげんきなんだけどさー、たいくつー」

そう言いながら、影燈の近くまで来るが、床の上に描かれた呪符陣《じゅふじん》の手前で足を止め、ペタンと座った。

呪符陣の中にいる影燈も、秋の波の近くに歩み寄るとそこで胡坐《あぐら》を組んだ。

あの日は月草の神域へと退避することができたものの、属する神族が違うため、処置はあくまでも応急的なものに留まった。

それでも処置を受けることができなければ、最悪の状況を迎える者もいただろう。そのくらいに切羽詰まった状況でもあった。

緊急にもかかわらず受け入れ、手厚く対応してくれたおかげで、誰一人欠けることなく戻ってくることができたのである。

本宮に帰ってから影燈も本格的な治療を受け、外傷自体はすでにふさがっている。

しかし、傷から入り込んだ穢《けが》れの禊《みそぎ》のために、こうして術部で治療を受けているのだ。

浅い穢れであれば一日程度ですむのだが、影燈の場合、少し深くまで穢れが入り込んでしまっているため、隔離をして時間をかけての禊となっている。

「体に問題があるわけじゃないから、俺も暇だ」

禊の間、呪符陣の外に影燈は出るわけにはいかず、その中でのみ生活することになっている。

無論、布団なども持ち込みずみであり、その他必要なものも希望すれば都度持ってきてもらえるので、退屈ということ以外は不便がない。

しかし、影燈の「暇」発言を聞いた秋の波は、

「びゃっこさまが、ようすをみにきても、『ひま』ってことはいわないほうがいいぞ」

やや真剣な顔をして忠告した。

「なんでだ？」

「びゃっこさまのことだからさー、からだにもんだいなく、ひまであれば、しょるいしごとはできるでおじゃるな？　とかっていって、ようしゃなく、しごとふってくるとおもう」

白狐の声音を真似て、秋の波は言う。

それに、影燈は苦笑した。

充分、あり得そうで。

「まあ、聞かれたら、ボチボチって返事しとく」

「うん。そのほうがいい」

納得したように、うんうんと頷いてみせてから、

「かげともは、いつまで、ここにいなきゃだめなの？」

少し首を傾げて聞いてくる。

「今週いっぱいは無理だろうな。週末に、穢れがどんだけ抜けてるか確認して、そこから念のために二、三日ってとこだろうから」

影燈の答えに、

「じゃあ、あと、とおかくらいは、ここにいなきゃじゃん……」

秋の波は少し眉根を寄せ、ショボン顔になった。

普通ならば、もう外に出て問題ないくらいに穢れは祓《はら》われている。

多少、穢れが残っていても、清浄な本宮の気を取り入れることで自然に祓われていくものだからだ。

しかし、影燈はそういうわけにはいかない。

秋の波と一番長く過ごすのは影燈だ。

秋の波自身には何の穢れもない状態だとはいえ、その状態は何かと危ういことは誰しもが理解している。

ほんのわずかな穢れでさえ、秋の波にどんな反応を引き起こすかは未知数なのだ。

そのため、影燈は念には念を入れて、徹底的に穢れを祓う必要があるのだ。

しかし、それを告げれば秋の波が気に病むことは目に見えているので、できない。

結果、影燈の穢れはかなり深い、と別の意味で秋の波が心配することになっていたりもするのだが、秋の波が、自分自身に問題があるのだと責めるよりはマシだと、全員が暗黙の了解で黙っているのだ。

「暇なのを除けば、骨休みもできて、なかなか快適だけどな。積ん読になってた本もかなり読めてるし」

笑って言う影燈に、

「かよわい、かれんなこうさぎみたいなおれが、さみしくてよわるとか、おもわないのかよ」

ぷぅっと頬を膨らませて秋の波は返す。

それが可愛くて、影燈は、

「おまえは何をどう頑張っても、狐だからな？　あと、玉響《たまゆら》様の血を引いてんだから、絶対弱らねえよ」

笑いながら言った。

すると、秋の波はすぐに玉響の話題に意識を攫《さら》われた。

「ははさまは『おにつよ』だもんなぁ……。こんかいも、なんか、すっっっごかったって、ははさまといっしょにいたいなりがいってた。かげともは、ははさまがすごかったところ、みた？」

「いや、俺は潜入してたからな。だが、陣幕にいた稲荷からはいろいろと聞いた」

玉響が強い、ということは噂《うわさ》には聞いていた。

というか、噂で知っている程度の稲荷が大半だっただろう。

その強さにしても、「九尾」から推測したもので、また文官というイメージの強い別宮の長《おさ》であることからも、術で戦うイメージだった。

実際、影燈もそうだったのだが、

「いや、それががっつり武闘派で」

と、陣幕にいた稲荷から聞いた時は、影燈も驚いた。

なんでも、間近に迫った敵を、いつ抜刀したのかも分からぬ速さで一閃《いっせん》したというのだ。

その後も、臨時結界を張りながら、まるで踊るようにして刀を振るうさまは、

「えーっと、この人、前世、カーリーだっけ？」

と思うほどだったらしい。

カーリー。

それは、ヒンズー教で、破壊と殺戮《さつりく》の象徴といわれる女神である。

その言葉で、どれほどの強さだったのか察するに余りある。

初めてそれを聞いた時、影燈は「まじで？」と聞き返したくらいだ。

「ととさまも、ははさまだけはおこらせるなっていってた……」

若干、遠い目をして言う秋の波に、

「まあ、その玉響様の血を引いてるんだから、おまえも強いはずだ」

そう言って、頭を撫《な》でてやろうとした影燈だが、今は秋の波に触れてはいけないことを思い出し、エアーなでなでをするに止めた。

「んー……、ははさままでのつよさは、べつにいいかな」

考えた末にそんなことを言った秋の波に、

「おまえ、なかなか辛辣《しんらつ》だな」

影燈は多少呆れた様子で返す。

「だって、ちょっと『どじっこ』なようそがあるくらいのほうが『あいされきゃら』てきにはいいじゃんかー」

「おまえは、一体何を目指してんだよ」

「ほんぐういちの、あいされあいどる?」

さらりと秋の波は返したあと、

「そんで、はるちゃんがほんぐうにきたら、ふたりでゆにっとくんで、すいしょうだまで、ぜんこくのいなりに、らいぶをはいしんすんの」

と続ける。

「おまえなぁ……」

「ぜったい、うけるってじしんあるし」

容易に想像ができてしまうがゆえに、脱力せざるを得ない影燈に、自信満々で返しながらも、秋の波は頭の片隅で、作戦があった日のことを思い出していた。

あの日、目が覚めた時には、当然だがもう影燈の姿は部屋にはなかった。

夜中に出立するとは聞いていたので、作戦に向かったことは簡単に分かった。

——ぶじに、さくせんがせいこうしますように……。

布団の上にちょこんと座り、そっと手を合わせて祈る。

影燈が黒曜の部隊でもなかなかの手練れであることは、秋の波も承知している。

それでも、危険がないわけじゃない。

いや、手練れであるがゆえに、危険度の高い任務に就くのが常だ。

今は秋の波のことがあるので、危険な仕事はあまり回されていないようだが、それでも今回の作戦ではそういうわけにもいかなかった。

何しろ本宮だけでは人員を集めるのが難しく、月草の神社の兵士を借りたくらいだ。

それに、本来であれば別宮はこういう時、本宮とともに動くことはないのだ。

本宮に不測の事態が起き、命令系統等に問題が出た場合、速やかに別宮へと全権が委譲され、別宮主導で対処に当たるためだ。

そのため、別宮の長である玉響の参戦は異例だった。

無論、玉響が不在であっても別宮の運営には問題なく、仮に非常事態になったとしても、次席の稲荷で対応可能と判断したからではあるが、それでも、異例であることに間違いはない。

そんな異例の事態に、母である玉響と、恋人である影燈の二人が参加しているのだ。

秋の波は心配でたまらなかった。

それと同時に、何もできない自分が不甲斐《ふがい》なくて仕方がなかった。

もとはといえば、自分が野狐《やこ》化し、本宮に戻ったことがこの件のすべての発端だ。

もちろん、秋の波が野狐化する前から、反魂《はんごん》を行うために幾柱もの神が攫われていたことは分かっている。

野狐になる者が増えていると統計上出ていても、野狐となった者は意思疎通もできず、消滅させるしかないため、理由が分からなかったことも。

自分が、こうして、この身を取り戻したことで、分かったことがいろいろあるということも理解はできるが、もとをただせば、自分が野狐にならなければ、と思ってしまうのだ。

――でも、あいたかったんだ、かげともに……。

秋の波が胸の中で呟いた時、

「秋の波殿、お目覚めでしょうか？」

廊下から声が聞こえた。それに秋の波は、

「うん！　いまおきたー」

明るい声で返事をして、いつも通りの自分を演じる。

お邪魔しますね、と言って入ってきたのは、影燈が不在の時に、主に秋の波の身の回りを気遣ってくれる馴染みの稲荷だった。

「よく眠れましたか？」

「うん」

「では、お顔を洗って、お着替えをしたら、朝食にしましょうか」

世話係の稲荷は急かすことなく、しかし段取りよく秋の波の身支度をして、朝食の箱膳を持ってきた。

それを食べ終わると、今日は何をして過ごしたいかを聞いてくる。

遊び相手が必要ならばそのまま秋の波とともにいるし、一人で過ごしたいと言えば、時間を見計らって様子を見に来てくれるのだ。

それは、秋の波が見た目通りの子供ではなく、理性の働く大人の部分がちゃんとあるので、一人にしておいても基本的には問題ないからである。

そして、秋の波は基本的に一人でフラフラとしているのが好きだ。

うろついていれば手の空いている稲荷が構ってくれるし、書類を他部署に持っていく、というくらいのお手伝いもできる。

あとついでに、おやつがもらえることもある。

しかし、今日はいつもとは違う。

事務方の稲荷は通常通りの勤務だが、それでも今回の作戦——具体的な内容は知らされていなくても野狐の件で何らかの作戦が実行されている、ということくらいは連絡されている——のことで、勝手の違う部分もあるだろう。

「きょうは、へやにいる。じかんあったら、しょうぎのあいてしてくれる？」

「もちろんです。では、お膳を下げたら戻ってまいりますね」

「うん、まってるー」

笑顔で世話係を見送ってから、将棋盤の用意をして待つ。

ほどなく、世話係が戻ってきて将棋を始めた。

将棋を選んだのは、打つ手をいろいろと考えるのに頭を使うので、余計なことを考えなくてもすむからだ。

そして世話係の稲荷は、なかなかに手ごわい。

秋の波の知能が五尾の頃と遜色《そんしょく》ないと知っているから、子供向けに手心を加えるなど一切する様子がない。

「せめかたが、えげつない……」

「秋の波殿は、隙を見せれば容赦なく食らいついていらっしゃいますから」

ふふ、と笑う世話係に秋の波は腕組みをする。

――あっちの「ふ」をすすめる？　いやでもそうしたらむこうの「ひしゃ」がうごいちゃうから、それのあしどめのほうがさきか……？　それとも、くれてやるのかくごで、さきに？

必死で脳内で展開を組み立てていた時、にわかに外が騒がしくなったのが分かった。

秋の波がいるのは本宮勤めの稲荷たちの寝所が並ぶ居住区で、この時刻に周辺にいる稲荷は非番の者ばかりだ。

しかし、急な呼び出しがあったのか急いで廊下を進む足音がいくつも聞こえ始めたし、本宮内の「気」にそれまではなかった緊迫感があった。

秋の波が気づいているのだから、世話係も当然気づいているだろう。

しかし、それを顔に出すことはない。

秋の波を動揺させまいとしているのが分かった。

「なんか、みんなばたばたしてるねー。おひるごはんちかいから？」

時計を見やるとその刻限に近かったので「空気が変わった」ことには気づいている」ことだけは伝えてみる。

「……昼食に向かうにしては、多少慌ただしすぎる気がしますね。様子を見てきましょうか？」

「うん。そのあいだ、つぎのて、かんがえとく」

そう返した秋の波に「駒を動かすのはナシですよ」と不正をしないように笑って付け足してから、世話係は部屋を出ていった。

本当は、秋の波が自分で何があったのか、確認しに行きたかった。

しかし、今、自分が問いに向かうことは、邪魔にしかならないだろう。

ある意味で当事者である秋の波に、皆が必要以上に気遣うことになる。

それが分かっているから、秋の波は部屋で待つことにしたのだ。

二十分近く経ってから、世話係の稲荷は部屋に戻ってきたが「何かが起きている」のは、今日立ち入り制限がされている区域でのことで、具体的に何が起きたかは分からなかったらしい。

ただ、それに付随《ふずい》し本宮にも騒ぎが派生していて、非番の稲荷たちは本宮の防衛任務に駆り出されたということだけは分かった。

「ぼうえいにんむ……」

「可能性としては、今日の作戦へさらに戦力投入をすることになって、本宮内で手薄になる部分を補うことになった、ということもあり得るかと」

現時点で近々に本宮へ危険が差し迫っているわけではない、と世話係の稲荷は匂わせてくるが、さらなる戦力投入だとすれば、何ゆえにそうなったのかが問題だ。

——さくせんめんばーに、ふしょうしゃぞくしゅつで、とか？

もしそうなら、影燈は大丈夫なのだろうか？

——ううん、てきのねじろをかいめつするために、ひとでがひつようになったってことかもしれないし……。

押し寄せる不安を、なんとか殺そうと秋の波は、最大限プラス方向に思考を向けようとする。

「さて、では続きを打ちましょうか……。なるほど、三—七に歩を……」

世話係の稲荷はすぐに将棋に話を戻す。

とはいえ、本宮の気配が落ち着かず、互いにどこか上の空であることは否めなかったが、どちらもそれには触れなかった。

それからしばらくして、

「秋の波、いるでおじゃるか？」

廊下から白狐の声が聞こえ、世話係は急いで襖戸を開けた。

「白狐様のおいでとは。お声がけくだされぼこちらより伺いましたのに」

膝をついて、白狐を恭しく迎え入れる。

「いやいや、我と秋の波の仲ゆえ、気にしなくていいでおじゃる」

白狐はそう言って部屋の中に入ってくると、秋の波のほど近くに座り、

「騒がしい気配である程度、何ぞ起きたと察していると思うが、此度《こたび》の任についていた者の大半が撤退してきたでおじゃる」

そう告げた。

「てったい……。しっぱいしたってこと？」

「まあ、そうでおじゃるな」

あっさり認める白狐の言葉に、秋の波の胸がきゅうっと引き絞られるような痛みを覚えた。

「……みんな、は？　かげともや、ははさまは？」

「無事でおじゃる。本宮が先に戻った黒曜の隊への対応に追われておじゃるゆえ、玉響殿たちは月草殿のもとに退避しておじゃる。影燈は怪我をしたがあちらで応急処置を受けて、大事ないと報告をうけておじゃる」

白狐の言葉に秋の波はホッとした。

玉響の指揮のもとで、影燈は先発して単独潜入していたはずだ。

一番、危険な任務を請け負っていたと言ってもいい。

「それで、ははさまは?」

「むろん、無事でおじゃる。水晶玉で話したでおじゃるが、夕餉《ゆうげ》をともにと伝えてくれと頼まれたでおじゃる」

それはつまり、夕食を一緒に食べるだけの余裕があるということだろう。

「わかった。おしえてくれてありがとう、びゃっこさま」

白狐はそれに頷いてから将棋盤に目をやった。

「……なんとも膠着《こうちゃく》状態でおじゃるなあ。どちらも決め手に欠ける、か」

そう言ってから、秋の波と世話係の両方に助言を耳打ちした。

その助言を、互いが充分に理解した結果、膠着状態は泥沼化し、玉響が戻ってくる時刻になっても決着はつかず、翌日以降に持ち越しとなったのだ。

そして、予定通り、夕餉の前に戻ってきた玉響と、秋の波は一緒に食事をした。

作戦のことについては、聞かなかった。

勝ち戦ではなかったのだから、話題にしたくはないだろうし、何より玉響は少し疲れた様子ではあったものの、あとから秋の波が知ることになったような凄惨な状況など匂わせもしなかった。

だから、影燈がそこまでの怪我をしたとは思ってもみなかったのだ。

実際には、影燈はかなりの大怪我をしていて、月草のところから戻った日と翌日までは治癒院で面会謝絶の状態で会わせてももらえず——これは、怪我云々《うんぬん》もあったが、穢れをある程度抜くまでは、という意味もあった——ようやく会うことができたのは、術部に移動した金曜のことだった。

それも、午前中には移動していたのだが、呪符陣の中にいるとはいえ、秋の波と会わせるには不安があるレベルの穢れがあったため、結局会えたのは夕食後、十分程度のことだった。

今も、面会は三十分までと制限されている。

それでも、会えるのと、会えないのとでは、無事だと分かっていても安心のでき具合が段違いではあるのだが。

——不測の事態だとはいえ、あの黒曜殿まで怪我をされるとは——

——内偵が足りていなかったからではないかと——

誰もが大っぴらに話はしないものの、そこかしこで密やかにそんな言葉が交わされているのが、秋の波の耳にも入ってきていた。

それだけ、黒曜については絶対的な信頼が置かれていたのだ。

その黒曜が怪我をして戻ったことは衝撃でしかない。

——ないてい、か……。

秋の波が胸のうちで繰り返した時、影燈の部屋に入る時にかけた鳩《はと》タイマーが、「ホホーホーホー、ホホーホーホー」と間の抜けた声で面会時間の終わりを告げる。

「……なあ、このはとたいまー、だれのせれくと？」

毎度気の抜ける鳴き声に、秋の波が呆れを含ませた声で言うと、

「術部の稲荷のセンスは、正直分からん」

影燈も思うところがあるのか、苦笑いで返してくる。

「じんかいでいうところの、まっどさいえんてぃすと、みたいなとこあるもんなー。じゅつぶのいなりって」

秋の波はそう言うと立ち上がった。

「じゃあ、またあしたくるね」

「ああ、待ってる」

呪符陣の中から手を振る影燈に、秋の波も手を振り返して、部屋をあとにした。

――内偵が足りていなかったからではないかと――

聞いた言葉が再び脳裏に蘇るのに、秋の波は思案顔をしながら、本殿へと向かった。

3

その頃、本殿の黒曜の部屋には白狐が来ていた。

「一週間は寝込むかと思ったでおじゃるが、回復力は化け物並みでおじゃるなぁ……」

文机を前に片膝をついて胡坐を組み、書物を開いていた黒曜の様子に白狐はからかい半分で言葉をかけた。

深手を負って戻った黒曜だが、すでに傷はふさがっている。

穢れについても、戻ってすぐに抜かれたため、影燈ほど深部にまでは達していなかった。

影燈は月草のもとでも穢れ払いを受けたが、神族が違うため払いきれなかった分が深手を負った部分から、より深部に達してしまい、また、秋の波のそば近くにいることなども考えて、あの処置になっている。

とはいえ、部屋に戻っているのは安静にしていることが絶対条件であり、また黒曜の肌には穢れ抜きのための呪《じゅ》が書かれていた。

顔にまでは書かれていないが、着物から覗く手や足にもそれは見えた。

それらの呪は、穢れを抜くためではなく、黒曜の中にいる野狐を抑えるためのものだ。

一時的にではあるが負の気を得て、抑え込んでいた野狐が活性化してしまい、それを鎮《しず》めるための処置として施したものである。

白狐は指にまで書かれた呪を見て、

「まるで『耳《みみ》なし芳一《ほういち》』でおじゃるなぁ」

呑気な口調で言う。

黒曜はその言葉に気を悪くしたような気配も見せず、呪の書かれた自分の手に視線を向けてから納得したように頷き、そして白狐を見ると、

「……おまえの場合、毛剃りして書くことになるな」

思ったままを口にする。

その言葉に、状況を想像した白狐は、

「いや……毛剃りはさすがに……」

そう呟いて、九尾を萎えさせた。

しおしおとヘタレた白狐の九尾を見てから、

「情報は揃ったのか?」

黒曜は聞いた。

それに白狐は至極真面目な顔をして頷いた。

「我たちが共有していた時の記憶、それから他の者たちが同調していた時の情報など、拾える部分はすべて拾ったでおじゃる。これから精査し、分析するでおじゃるが、なかなかに膨大ゆえ、

いささか時間がかかる」

「……あれは、明らかな待ち伏せだった」

黒曜はそう言って一度言葉を切ると、

「宵星が違和感に気づかねば、俺とて命があったかどうか」

苦いものを含ませた声で続けた。

「悔やむ気持ちは分かるが、作戦遂行の決断をしたのは我でおじゃる。そなたには一切、非はない」

白狐はそう言い切った。

情報が充分ではないことも、戦力が心もとないことも事前に分かっていた。

しかし、先延ばしにするということは相手にも力を付ける間を与えるということでもある。

互いに力を付けたあとで、となれば、勝ちを収めることができたとしても被害は甚大なものとなるだろう。

そのために、急襲できると踏んだあの時に作戦の遂行を決めたのだ。

「幸い、全員が生きて戻ったゆえ、こちらが得た情報も多い。それらを生かして次の策を立てねばならぬ」

白狐の言葉に黒曜は頷き、やや間を置いてから、

「伽羅はどうしている」

唯一の弟子である伽羅の状態を問うた。

伽羅の行方は一時、不明になっていた。

伽羅だけではなく、後方支援に駆り出された全員の消息が摑めなかったのだ。

黒曜と玉響が率いていた隊の状況から考えて、後方支援部隊にも重大な事柄が起きたことは想像に難くなかった。

白狐が遠隔で視た現場は、実際、大規模な崩落の痕跡と妖《あやかし》の残骸が散乱しているのが確認できた。

しかし、伽羅や琥珀、月草のもとから来た兵士に関わることは何も分からなかったのだ。

その行方が分かったのは深夜になってからだ。

帰還のための座標を摑んでいた伽羅が大怪我をして意識不明となり、琥珀が退避をかけたが、一番縁の深い自身の祠《ほこら》へと地表軸は摑めたものの、時間軸については正確には摑むことができず少し先の時間への退避となったのだ。

それでも、あの状況で半日程度のずれに収まる時間軸を摑めたのは琥珀だからだろう。

緊迫と焦りの中であったことを考えれば、もっと大きくずれた時間——よくて二日、三日、酷ければ年単位——に飛ぶこともあり得たからだ。

行方が摑め、本宮に戻ってきた伽羅は命はあったが、意識はなかった。

龍神の守りと、退避後すぐの保護がなければ消滅していただろう。

八尾になってもおかしくないほどだった——実際にはいつ八尾になってもいいほどの力を持ちながら、本人の意思で七尾に留まっていたのだ——尾は、本宮に戻った際、一尾半にまで減っていた。

「ずいぶんとよくなったでおじゃる。昨日の朝には治癒院を出て本殿に戻り、午後には水晶玉で琥珀殿たちと話すために、しばらく起きていたようでおじゃるが、それ以外は、今も元の姿で寝て回復にいそしんでおじゃる」

白狐の言葉に、黒曜は表情には出さないまでも、心のうちで安堵する。

弟子を持つことになったのは、以前、大怪我を負い、長期間本宮での療養を余儀なくされていた時だ。

とはいえ、自分が人に何かを教えられるような性格ではないことは、黒曜自身、充分理解していた。

そのため、手のかからない、一を聞いて十を知るような優秀な者であればと注文を付けたところ、抜擢《ばってき》されてやってきたのが伽羅だった。

見習いから新米に上がった中ではひと際幼い仔狐だった。

――手のかからぬ者をと言ったはずだ……。

そう思いながらも、緊張した面持ちで座している伽羅に、帰れとも言えず、かといってどんな言葉をかけていいか分からなかったのを覚えている。

しかし、手がかからず、優秀な者であるというのは、間違いがなかった。

基本的なことは教えればすぐに飲み込んだ。

それならばと基礎応用を一つ二つ飛ばして上級から中級の応用を教えれば、案の定失敗するものの、それでも失敗の仕方そのものは、決して悪くなかった。

失敗と一口にいっても、様々な形がある。

まったく形にならない失敗であれば、基礎をもう一度見直すことから始めなければならないが、なんらかの形を成そうとしての失敗であれば、問題になった個所さえ確認させればいい。

そのあとで基礎応用を固めさせる、という、逆方向からアプローチしていく方法が伽羅にははまった。

というか、伽羅以外の者であれば無理だっただろうと思う。

そもそも備わっている潜在的な力もあったし、何より本人が自身で学び取ろうとする力も大きかった。

黒曜がいない時でも術の練習に励んでいた様子だし、足しげく書庫に通って、術式以外にも様々な書物を読み知識を蓄えていた。

術を学ぶには、ただ術に関したことだけをやっていればいいというわけではない。

森羅万象《しんらばんしょう》の理解を深めることも重要になってくる。

それを感覚的に理解する者もいれば、知識として蓄えて腑《ふ》に落ちる者もいる。

どちらがどうというわけではないが、伽羅は感覚的に理解する能力を持っていたうえに、それで足りない部分を知識で補うことも忘れてはいなかった。

幼さを差し引いてなお群を抜いていた優秀さは、そういったたゆまぬ努力によっても培《つちか》われていたのだ。

弟子だった期間はそう長くはない。

体が治り、以前と遜色なく――いや、それ以上に動けるように回復したのを確認して、黒曜は元の任務に戻ったからだ。

それ以降、配下として従える稲荷はいても、弟子はいないし、今後も以前のように長く本宮にいなければならないような大怪我をしない限り弟子を取ることはないだろう。

というか、伽羅を弟子にしていた時に、弟子を取るのは自分には無理だと、心の底から悟《さと》った。

伽羅だから、なんとか自分のやり方でも食らいついてモノになっただけだ。

その有能さは、他の稲荷に指導を引き継いでからも発揮され、任務を終えて本宮に戻るたびに伽羅の位は上がっていた。

本宮からいったん出て、本宮系列の他の稲荷社に移ったと聞いた時には、とうとう出世コースの最終コーナーを回ったかと思ったものだ。

そこから本宮に戻れば、八尾、九尾の居室が並ぶ奥殿に部屋を与えられ、白狐の支えとして仕えることになっただろう。

今は勧請稲荷として山の上の祠を守りながら、とある会社の社屋内に分社を設けて祀《まつ》られているが、時が来れば本宮に戻ることになる。

本宮に戻れば、再び勧請されることもなく――今が最後のモラトリアムだろう。そのモラトリアムの最中で、まさか命を落としかけるとは思いもしなかったが。

「あれの尾は、何尾にまで戻った」

黒曜が聞いた。

「三尾でおじゃる」

「そうか」

短く黒曜は返すが、回復は順調――いや、予想よりも、早い。

「向こうへはいつ戻る」

「次の土曜か、日曜には帰るつもりをしているようでおじゃるな。それまでには四尾に戻れるであろうし、四尾であれば領地の管理も問題ないでおじゃる。あの領地で長く懸案事項になっていた烏天狗《からすてんぐ》との諍《いさか》いも、当代とは良好な関係でおじゃるし……」

良好どころか、子育てに関してはものすごく頼りにされ、挙げ句当代の烏天狗の長の恋のアシストまでしているわけだが。

「愛弟子のことは、やはり気になるでおじゃるか？」

からかう様子ではなく、純粋に問う白狐の言葉に、

「あれが、あんな怪我をして戻るとは思わなかったからな」

黒曜はわずかに眉間に皺《しわ》を寄せた。

「琥珀殿を庇《かば》ったようでおじゃる」

「それは当然の行動だな。琥珀は本宮外の協力者だ。協力者に怪我を負わせ、本宮の者が無傷など、面目が立たん」

リスクについてはもちろん承知の上で協力をしてくれているとは思うが、それでも、損なわれるようなことがあってはならない。

そう考えたからということもあり、外部からの協力者がいる混成部隊は後方支援についてもらったのだ。

まさか、その後方支援部隊にここまでの害が及ぶとは思わなかった。

何かあっても、充分対処できる程度だと踏んでいたのだ。

「とはいえ……、琥珀殿が自分を庇って怪我を負った伽羅のことを気にしておじゃる。ゆえに早く帰るつもりでいるのだろう」

「誰かを庇って怪我をするほうが、誰かに庇われて怪我をさせるより百倍マシだからな」

琥珀が今、身のうちに抱えている葛藤はどれほどかと、白狐と黒曜の二人はそれぞれに思う。

「まあそなたも本調子には程遠いゆえ、しばらくは養生してほしいでおじゃる」

そう言う白狐に、

「……養生中に、また弟子を育てろ、とは言わないだろうな」

黒曜が唇の端を片方だけ上げて、にやりと笑みながら返すと、

「弟子を育てられるほど、長く休ませるつもりはないでおじゃる」

さらりとブラックな発言をし、邪魔をしたでおじゃるな、と黒曜の部屋をあとにした。

そのまま、廊下を執務室へと向かいながら、白狐はこれからのことを考えた。

準備不足だったことは否めないし、拙速《せっそく》でもあった。

だからこその、この敗走だということも理解している。

――黒曜が回復するまでに三月はかかるであろう……。

無論、負った怪我からすれば、早い。

伽羅を弟子に取った頃とは、同じ九尾であっても、九尾として積み重ねた年月がある分、力は増している。

そのおかげで、当時と同等の怪我を負ってもこの程度ですんだのだ。

本宮の治癒院でも術に関しては常に研鑽《けんさん》を続けていて、以前では命を落としていたような状況の者でも救えるようになっている。

それでも、負けた。

そう「負け」だ。

立て直しを図るだけでは同じことを繰り返す。

新たな策を練らなければならないし、集めた情報の中にはいくつも気になることがあった。

――精査を急がねばならぬ……。

救いは、敗走したとはいえ、向こうにそれなりの打撃を与えられただろうということだ。

追撃がないのがその証拠だ。

いや、追撃する力も反魂に回したいのかもしれない。

そんなことをつらつらと考えている白狐の耳に、

「びゃっこさま、みーっけ！」

明るい声とともに小さな足音が近づいてきた。

それに足を止め振り向くと、思ったとおりに秋の波が駆け寄ってくるところだった。

「おお、秋の波。元気そうでおじゃるな」

「うん！　げんき！」

にこにこしながら秋の波は言う。

「影燈のところに行っていたでおじゃるか？」

「うん、おみまいしてきた。げんきだったよ」

「それはよかったでおじゃる」

「びゃっこさまは、なにしてたの？」

「黒曜のもとに見舞いに行っていたでおじゃる」

白狐の言葉に、秋の波は、

「こくようどの、げんき？　こくようどのも、なんかすごい、けがしたって。でも、おれはあいにいっちゃだめっていわれてんだよなー」

少し心配そうに言う。

黒曜のコミュ障をものともせず、遊びに行き、将棋の相手をさせるコミュ強が過ぎる秋の波だが、今回、黒曜の部屋の手前には、

『秋の波殿進入禁止』

の札が下げられていた。

「黒曜は穢れではないが、身のうちの野狐を自力で制御できるまでには回復しておらぬゆえなぁ。何も起きぬとは思うが、秋の波とともにいる時にことが起これば……玉響殿が怖いでおじゃる」

神妙な顔をして、白狐は言う。

「あー…うん。ははさまがおこったら、がちでこわいの、しってる……」

秋の波は即座に同意したあと、

「じりきでせいぎょできないってことは、なんかじゅつかけてんの？　かげともみたいにじゅふじんのなかにいるとか？」

興味津々、といった様子で聞いてくる。

「いや、体に直接、呪を書き込んでおじゃる。耳なし芳一じゃな」

白狐の言葉に、

「え、それ、ちょーみたい！　こんどしゃしんとってきて！」

秋の波は目を輝かせた。

「顔には書いておらぬぞ」

「えー、それだとなんか、かっこいいだけじゃん。もっと、ばつげーむてきなかんじかとおもったのに。まー、あんだけの『いけめん』だと、たぶん、はなぢをおさえるのに、てぃっしゅつっこんでても、かっこいいんだろうなーとはおもうけど」

くるくると表情を変えて言う秋の波は、本当に愛らしいと白狐は思う。

その愛らしさの下に抱えている爆弾が不憫《ふびん》なほどに。

「秋の波が鼻にティッシュを詰めていても愛らしいでおじゃるぞ、きっと」

白狐が言うと秋の波は照れたように笑ってから、

「あのさー、おれ、びゃっこさまにそうだんっていうか、はなしたいことがあるんだけど、びゃっこさま、いそがしい？」

こてん、と首を倒してあざとく様子を伺ってくる。

その愛らしい様子に、白狐はうっかり心の中の萌えボタンを高速連打した。

「ちょうど八つ時でおじゃる。食べながらでいいでおじゃるか？」

白狐の提案に秋の波は「うん！」と笑顔で頷いた。

「では、我の部屋に行くでおじゃる」

執務室へ向かうつもりだった白狐だが踵《きびす》を返し、秋の波とともに廊下を自室へと向かう。

その途中に出くわした、人界任務から戻ったばかりの稲荷は、廊下の端に避け、恭しく頭を下げて白狐と秋の波が通過するのを待ったわけだが、ご機嫌な様子で目で挨拶をしてくる白狐と、こちらに向けて手を振ってくる秋の波の姿に、

――小さな飼い主と、飼い犬の散歩……。

うっかりそんな不敬なことを思ってしまいつつ、ほのぼのな光景に癒やされるのだった。

4

ごつごつとした岩肌が露《あら》わになっている壁につけられた燭台《しょくだい》の灯りが揺らめき、床には、少し離れて向かい合い立つ二人の人物の影を描き出していた。

「あれだけ入念に準備をしておいて、狐一匹殺せないとはな」

嘲《あざけ》りを多分に含んだ声で吐き捨ててくる言葉を、柘榴《ざくろ》はただ黙して受け止めた。

「死体であっても回収できていれば、使い道もあったものを……。死体でも役に立つかもしれんというのに、生きていても役に立たぬ者もいる」

黒鉛《こくえん》は当てこするようにして続けるが、柘榴は反応しなかった。

それがさらに黒鉛を苛立たせた様子で、突然、柘榴の脇にあった酒杯が爆ぜた。

咄嗟《とっさ》に顔をそむけたが、飛んだ破片が柘榴の右の額を傷つけ、つっと血が伝い落ちてくる。

「あの気脈に誘い込めるよう、お膳立てをしてやったというのに」

稲荷たちがこちらの様子を探っているのには気づいていた。

どこまで何を知っているのかは分からないが、深入りされては面倒なことになる。

それならば、こちらは気づいていない態《てい》で、罠を張って誘い込み、一網打尽《いちもうだじん》にしてしまえばすむ、と計画したのだ。

そのために、あの気脈を使った。

敵の勢力を分散させるため、いくつかの気脈に妖の出入りをわざと繰り返させて、あたかもそこが根城であるように見せかける。

気脈の中は入り組んだ作りだ。

右往左往させながら、深い場所まで侵入させ、岩盤崩落を起こして一網打尽にする——はずだったのだ。

しかし、その直前で罠だと気づかれ、痛手を負わせることはできたものの、思っていた成果ではまったくない。

むしろ、失ったこちらの手駒のほうが多いくらいだ。

「……相手が、悪すぎる」

柘榴は呟くように言った。

九尾、八尾を揃えてくることは予想できていた。

だからこそ、罠を張ったのだ。

「こちらは数が多いといっても、力量でははるかに劣る。それなりに力を持ったものが少ないのが問題だ」

人界に向かえば消滅するしかないレベルの雑魚ばかり。

烏合《うごう》の衆《しゅう》でしかない。

それなりに力を持ったものは大半が幸寿丸《こうじゅまる》の反魂のために使われているのだ。

「ならば、まともに戦えるものをつれてこい！」

その言葉に柘榴は押し黙った。

稲荷たちがこちらを嗅ぎまわり始めた頃、なんらかの通達が入ったのか、力を残している祠の主たちは警戒して柘榴たちを近づけぬように結界を張った。

それで目星を付けていたいくつかの祠には近づけなくなった。

気づかれぬように少しずつその結界を削るやり方で柘榴は進めるつもりだったが、短絡的な蛛《も》鬼《き》が強引に結界を破壊して回ったことで、稲荷たちが違う神族の祠であっても結界を張って守るという状況になってしまった。

『神』を名乗れる者に警戒されてしまえば、こちらはよほど用意周到にことを進めなければ打つ手がないのだ。

おそらくそれは黒鉛とて分かっているのだろう。

しばらくの沈黙のあと、

「……しばらくは警戒して、関わってはこないだろう。その間、幸寿丸様のために動け。ゆっくりしている暇など、おまえにはないぞ」

釘をさすように言った。

それに柘榴が頷くのを見ると、行け、と告げ、柘榴は黒鉛のもとから離れた。

そのまま自分の部屋へと向かった柘榴だが、途中で何度も足を止めた。

戦いで負った傷を治療されることはなかった。

琥珀に負わされた刀傷はまだ比較的浅い部類のものだったが、その後の、札を使っての攻撃では深手を負わされた。

術士はその攻撃で消滅してしまったし、他の妖もひとたまりもなかった。

何とかここに戻ってきたが、手当てをされることはなかった。

黒鉛は基本的に、配下の者は使い捨てだ。

利用価値があり、生かしておいたほうがいいと判断した場合は手当てをしてくれるが、そうでなければその力すら惜しむ。

それどころか、利用価値がないと踏めば、相手に残ったわずかな力すら吸い上げて自分のものにしてしまう。

自分の持つ力のすべては幸寿丸に使いたいといったところだろう。

柘榴が力を吸い上げられずにいるのは、まだ利用価値があるからだ。

手当てを受けさせないのは、大人しくしていれば多少時間がかかっても治る範囲であることと、今回の成果のなさにキレたからだろう。

一番深い傷のある腹部を柘榴は手で押さえる。

少し濡れた感触があった。

まだまだふさがる気配のない傷からは出血が続いていて、幾重にも布を押し当ててはいるが表にまでしみ出してきたのだろう。

それでも――人ではなくなった我の身は、この程度の出血では、死ぬことはない。

いや、死ねない。

千代春《ちよはる》を、今度こそは守ると決めたのだ。

千代春の転生を待ち、その生を千代春が健やかに過ごして終えるまでは。

そのために、ここに留まり待つと決めたのだ。

『人』以外のものになっても――。

「……ふ…」

細く長い息を吐き、痛みをやり過ごしてから、柘榴は再び歩き始める。

これでも、戻った直後よりはずいぶんとよくなった方だ。

痛みをこらえながら部屋に辿り着き、寝台に腰を下ろして一息つく。

この様子では、「使えるモノ」を探しに行くのも難しいだろう。

それに、向こうの警戒はこれまで以上に強くなるはずだ。

そうなれば、ある程度力を持っていて、こちらに引き込めそうな相手、ということになる。

――どこにも属さず、自然派生的に生まれてきているものを狙うしかない……。

だが、そんな相手が都合よく見つかるわけがない。

——あとは、人の負の思念を使うか……。

それなら比較的、容易に集められるとはいえ、使役できるようになるには時間がかかる。

——あれだけ入念に準備をしておいて、狐一匹殺せないとはな——

さきほど黒鉛に言われた言葉を思い出した。

相手に痛手を与えられたとはいえ、戦力を削げたとは言えないだろう。

少なくとも柘榴が相対した部隊についてはそうだ。

あの家の四尾と七尾が、その場所にはいた。

そこを柘榴が襲うことになったのは偶然だった。

——四尾を庇った七尾は、かなりの深手を負ったはずだ……。

あの現場で死を確認することはできなかった。

だが、命を落としてもおかしくない状況だった。

そう思った瞬間、柘榴の脳裏にシロの姿が浮かんだ。

——シロ殿は、どうしているだろう……。

あの家でともに過ごしている相手が、死んだか、そうでなくとも大怪我をしたのだ。

心を痛めているに違いない。

そう思うと胸の奥でざわめきが起こる。

だが、手を抜くような真似はできなかった。

やらなければ、やられる。

あれはそういう場だった。

そう正当化したところで、胸の奥で生まれたざわめきは、止まることがなかった。

◇◆◇

「朝凪、洗濯機が止まっていたぞ」

「分かった」

「私は風呂場のカビ取りをするから、頼む」

「ああ」

月曜。

香坂家では伽羅の指南書をもとに、朝凪と夕凪の二人がてきぱきと家事をこなしていた。

今朝も、涼聖が起きてきたときにはすでに二人が朝食の準備を始めていたのだ。

指南書にある伽羅のレシピをもとに作製された朝食は、昨日購入してきた食パンを使ってのパン食メニューだった。

パンのトッピングには玉子フィリングとツナマヨに各種のジャム類、それと別にサラダとスープが準備されていた。

なかなかの充実具合である。

二人が基本的な調理をできることに加え、伽羅の分かりやすいレシピのおかげで、日曜日の夕食も二人に任せっきりになっていたが、充分すぎるものが出された。

それもあり、今日は涼聖たちは安心して家のことを任せて診療所に向かったのだ。

シロは二人が働く様子を見ながら、一日三度――涼聖たちが出かけたあと、昼食前、おやつ前――の柘榴からの連絡確認に向かう。

約束したのは家の辰《たつ》の方向。

そこに目印となる木の実を置いておく、というものだった。

約束の日以来、シロは欠かさずに確認をし続けているが、これまで、何もなかった。

もともと、頻繁《ひんぱん》に会っていたわけではない。

まだ片手で足りる程度のことだ。

それでも会うための「約束」を交わしたことで、頻繁に会えるような気がしていた。

――さっかくだとは、わかっているのですが……。

たまにしか会うことができないからこその「目印」だ。

そんなことは分かっている。

分かっているが、期待せずにはいられない。

だが、今日もみんなが出かけたあとの点検では何もなかった。

それに落胆している自分がいて、なんとも欲張りになったものだと内心で自嘲《じちょう》する。

以前は、誰にも気づかれることなく、この家で時を過ごし、何人もの子孫を見送った。

涼聖が戻ってきてからもそれは同じだった。

だが、付喪神《つくもがみ》になりかけていた金魚鉢が割れた時、異変が起きた。

その金魚鉢はシロがまだ生きていた頃、寝付くことの多いシロの慰めになればと父親が買い求めてきたものだった。

いつしか使われなくなり、しまい込まれていたが、シロにとっては大事な金魚鉢で、長い時を経て少しずつ付喪神となる力を溜めていたのだ。

だが、そうなる前に、割れてしまった。

そして溜めていた力は割れた瞬間、シロと融合した。座敷童子《ざしきわらし》を名乗るには力の弱かったシロはその力を得て、今の「シロ」になったのだ。

それでやっと存在に気づいてもらえるようになり、子孫である涼聖や、稲荷神である琥珀や伽羅、陽、それに龍神などと楽しく暮らすうちに、それがシロにとっての「普通」になっていた。

それまでは気づかれることなく一人でいることが「普通」だったのに。

陽たちと暮らす今が「普通」になったとたん、柘榴の来訪を待ちわびている。

――ざくろどののそんざいが、もしかしたらりょうせいどののたちにとっては、あくえいきょうをあたえるかもしれぬというのに……。

繰り返し、胸のうちに沸《わ》き起こる危惧。

だというのに、柘榴を遠ざけることはできなかった。

訪れを、心待ちにしてしまう自分。

この気持ちは、自分が柘榴の探す「千代春」だからなのだろうか？

自分が何者であったかを忘れたシロには、思い出す以外に、知る術《すべ》がない。

思い出して、己が千代春だと分かった時、自分はどうするだろう？

そして、千代春ではないと分かった時には――どうするのだろう。

きっと、柘榴は来なくなる。

ここに来ているのは、シロが千代春という可能性があるから、そして千代春について何か知っているかもしれないから、だ。

――おもいだせぬままのほうが……。

そう思いながら廊下を進み、約束の場所を見たシロは、そこに赤いビーズ細工のようなクサイチゴの実が置かれているのに気づいた。

――いらした……！

はやる気持ちを抑え、シロは朝凪と夕凪に気づかれぬように家を出て、待ち合わせ場所にしている獣道へと急いだ。

獣道を少し入ったそこに、柘榴はいた。

「ざくろどの」

声をかけると、柘榴は声のほうを見て、そしてシロを見つけると、わずかに安堵したような表情を浮かべ、ゆっくりと歩み寄ってきた。

「来てくださったのだな」

柘榴はそう言うとかがんで手を差し出す。その手の上にシロは乗った。

「ながく、おまたせしたのではないですか?」

もし、最初の点検のあとすぐに柘榴が目印を置いたのだとしたら、二時間以上、待たせたことになる。

「いや、三十分も過ぎてはいない」

「それでも、なかなかのじかんです」

「会えぬかもしれぬと思っていたから、こうして会えただけで充分だ」

柘榴が言うのに、シロはほっとした顔をして、

「おげんきでしたか?」

様子を伺う。

「ああ。シロ殿は?」

「われも、すこぶるげんきです」

笑顔でそう返してから、シロは、

「ただ、ちよはるぎみのことは、まだなにもおもいだせず……こころぐるしいばかりです」

申し訳なさそうな顔をして、続けた。

「いや、シロ殿を焦らせるつもりも、急かすつもりもない。それに、シロ殿の知っている『千代春』殿が、俺の探している『千代春』君ではないかもしれないということも、理解している」

柘榴は即座にそう返してくる。

「ですが……」

ショボンとするシロに、

「今日は、シロ殿のことが気になって、顔を見にきただけだ」

柘榴はそう声をかける。

その言葉に嘘はない。

あの七尾のことで、胸を痛めているのではないかと心配になって会いに来たのだ。

シロは柘榴の言葉に、

「では、ゆっくりとみてくださいい」

そう言ってニッコリと笑顔を見せる。

それに柘榴は少し微笑んだ。

――どうやら、七尾は大丈夫なようだ……。

死んでいれば、このように笑顔は見せられないだろうと思う。

七尾の生存は、柘榴にとっては喜ばしいことではないはずだ。

だが、シロが悲しむ姿は見たくないと思う。

いつか、シロが事実を知る時が来るのかもしれない。

その時自分はどうするのだろう。

もし、シロが千代春君だったら。

もし、違っていたら――自分は、どうするのだろう。

柘榴がふとそんなことを思った時、シロの表情から笑みが消え、

「……どこか、おけがをなさっているのですか？」

聞いた。

「え……」

「ちのにおいがします」

昨日、黒鉛に傷つけられた額は乾いて、すでに再生が始まっている。腹部の傷は、来る前に布を交換してきたばかりだ。

だが、出血が止まったわけではない。

柘榴はどうごまかそうかと考えたが、とりあえず頷いた。そして、

「獲物を追っていて、その時に少し怪我を」

怪我をしていることは、否定しなかった。

血のにおいを嗅ぎつけられている以上は、認めたほうが面倒がない。

怪我をしたということで心配をさせる可能性もあるが、自分の血ではない、などと言うと、返り血を浴びるような何かがあったのかと思われて、余計な嘘をつかなくてはならなくなる。

「しかし、すでに治ってきているので、心配はない」

そう付け足すと、シロは少し安心した表情を見せた。

そして思い出したように、

「すこし、おまじないをしましょう」

と言ってくる。

「まじない？」

「はい。ほんとうに『おまじない』ていどのものですが」

シロはそう前置きしてから、

「いたいのいたいの、とんでけー。いたいのいたいの、とんでけー」

柘榴の手の上にちょこんと座って、両手を上げたり下げたりしはじめる。

その優しさに、

――……殿、傷は痛みませんか――

――早く治りますように――

はるか昔、千代春にも怪我を気遣われたことを思いだした。

――ああ、そんなこともあった……。

あれは夏。

修練の時に怪我を負った時のことだ。

もう――すっかりと忘れていた。

長い年月の中で、徐々に千代春の記憶は薄れて、思い出せることはどんどん少なくなってきている。

それなのに、こうして、忘れたはずの記憶が鮮やかに蘇ったのはなぜなのだろう。

シロが千代春に「似ている」からだろうか。

面影を重ねて見ていることが呼び水となり、記憶の底に沈んだ記憶が蘇ってきたのだろうか？

――それとも……。

シロが、千代春ではないのだろうか。

これまでに何度も繰り返し考えた可能性に、柘榴は再び思いを馳せる。

体が弱かった千代春。

シロもそうだったと聞く。

シロは、昔のことを覚えていないという。

それは、思い出したくないからではないのだろうか。

手の上で懸命にまじないを続けてくれるシロを見ながら、柘榴は確かめる術がないことに、焦燥感を覚えた。

5

伽羅が香坂家に戻ってきたのは、その週の土曜の午後だった。

涼聖たちもすでに診療所から帰っていて、家にいた。

朝凪と夕凪は、伽羅の帰宅を前に、家事指南書を再度見直し、掃除をし忘れた場所はないか、準備し忘れたことはないかと、何度も点検をしていた。

そして、おやつの時刻前、

「あ……」

何かの気配を感じ取ったのか、ちゃぶ台で絵を描いていた陽は、急いで立ち上がり、縁側を裏庭のほうへと駆けていった。

「どうしたんだ、あいつ」

いつも一緒のシロさえちゃぶ台に忘れたまま、一人で行ってしまったことに涼聖は驚かずにいられなかった。

「伽羅殿が、戻ったようだ」

琥珀が言うと、シロも頷き、朝凪と夕凪も、やや緊張した面持ちで頷く。

「私たちも行こう」

琥珀はシロを手に乗せ、陽が向かった裏庭へと足を向ける。

それに涼聖と朝凪、夕凪の二人も続いた。


一足先に陽が裏庭に駆け付けた時、開かれた場の、金色のまばゆい粒子の向こうに伽羅が姿を見せたところだった。

「……きゃらさん！」

陽は縁側から裸足で庭へと飛び出した。

「陽ちゃん……」

伽羅は勢いよく駆けてきて抱きついた陽を受け止めた。

「きゃらさん、きゃらさん、おかえりなさい！」

はじけるような笑顔で迎えてくれる陽に、伽羅も自然と笑顔になる。

「陽ちゃん、ただいまでーす」

伽羅が返した時、琥珀たちも裏庭に面した廊下に到着した。

「伽羅殿、おかえり」

琥珀が言うのに、伽羅は陽を抱いたままで廊下へと歩み寄った。

「ただいま戻りました」

少しまじめな顔で返した伽羅に、

「おう、思ったより元気そうだな」

涼聖が軽い口調で言う。

「でしょー？　全力で寝倒して、隙あらば仕事振ってこようとする白狐様を躱しつつ、秋の波ちゃんを愛でてきました」

伽羅はおどけて言いながら、陽を廊下へと下ろす。

そして、端に控えている朝凪と夕凪に視線を向けた。

「二人も、俺の代わりによくやってくれてるみたいですね」

という言葉に口を開いたのは、

「うん！　あさなぎさんも、ゆうなぎさんも、いつもあさはやくおきて、ごはんつくってくれるの。よるねるときはね、こうたいでえほんよんでくれるよ」

にこにこ笑顔の陽だった。

もともと二人は以前、香坂家に来たこともあり、陽は初日から二人と打ち解けていて、伽羅がやっていたことは陽の身の回りに関することも含めて、ほぼそのまま二人にスライドされて受け継がれた。

「そうですかー。楽しかったですか？」

問う伽羅に陽は、笑顔で、うん、と答えたものの、不意にその表情を曇らせた。

「どうしたんですか？　陽ちゃん」

すぐさま伽羅が様子を伺う。その言葉に琥珀と涼聖も陽を見る。

陽はキュッと眉根を寄せて、

「きゃらさんのしっぽ、すくなくなっちゃった……」

今にも泣きだしそうな顔をする。

省エネのためか、伽羅は完全人型ではなく、珍しく耳と尻尾を出したままだ。

「まだ、どこかいたいの？」

続けて気遣ってくる言葉に、

「大丈夫ですよー。もう、痛いところはどこもないです。二、三ヶ月もすれば、元のふわっふわの七尾に戻りますよー」

伽羅は笑顔で返して、陽の頭を撫でる。

「ほんとうに？」

「本当です」

念押しの言葉に、軽く返事があって、陽はホッとした表情になり、

「よかった……」

小さな声で、言った。

「二、三ヶ月で元通りとか……その回復の早さは、若さか？」

涼聖はそう言って琥珀をちらりと見た。

「……私とは違い、失ってすぐであれば回復が容易なだけだ」

なかなか尾の増えないことを比較された琥珀は、ツン顔で返す。

「協力は、やぶさかじゃないんだぞ?」

と、さも親切さを装って言う涼聖に、

「なんで帰ってきて早々、聞きたくないトーク聞かされなきゃならないんですかー」

伽羅は両耳を押さえると、プンスカ! と擬音が聞こえそうなくらいに大げさに頭を横に振ってみせる。

陽は今の涼聖の言葉のどこに伽羅をプンスカさせる要素があったのか分からなかったが、涼聖と伽羅のこういうやりとりは、これまでにもよくあった。

それに「いつも通り」を感じ取った陽は、

「きゃらさん、げんきになって、おうちにかえってきてよかった」

笑顔で改めて言う。

「ほんとうに、よかったです」

琥珀の手の上にいるシロも続けて言うのに、陽ははっとした顔でシロを見た。

「シロちゃん、ごめんね。シロちゃんといっしょにくるの、わすれてた……」

シロを置き去りにしてきたことに気づいて、謝る。

「よいのです。それだけ、きゃらどののおかえりを、まちわびていらしたのですし、こうしてこはくどのが、つれてきてくださいましたから」

そんな二人のやりとりの微笑ましさと、陽が、いつも一緒にいるシロのことを忘れて、自分の出迎えに急いでくれたということに、

「あああ、うちの子たちが控えめに言っても天使すぎてヤバい……」

伽羅は悶《もだ》える。

「どうあがいても天使だよな」

同意した様子で涼聖が言い、琥珀は微笑み、朝凪と夕凪の二人も頷き合う。

「まあ、とりあえず、家に上がれよ。そろそろおやつ時だし」

涼聖はそう言ってから朝凪と夕凪を見た。

「伽羅の分も、おやつってあんのか？」

「「はい」」

相変わらず見事なハモりで二人は返事をする。

「きょうはね、プリンつくってくれたんだって。それでね、じぶんですきなくだものとか、クリームとかトッピングしてたべるんだよ」

陽は伽羅に説明する。

「わあ、そうなんですねー。楽しみです」

伽羅も笑顔で返したが、朝凪と夕凪の二人は緊張した。

おやつについても、伽羅の指示で作られているので、何が出るのかなど知っているのだ。

つまり、自分たちの作ったものを伽羅に出す、ということは二人にとって味見をかねた確認なのである。

しかし、そんなことは知らない陽は、

「シロちゃんと、なにをのせるかそうだんしてたの」

「さくらんぼと、なまクリームははずせません」

「ぜったいだよねー」

シロと二人、笑顔で話し合う。

「そうですよねー、その二つは鉄板ですからね」

伽羅はそう言ってから、

「じゃあ俺、このまま玄関のほうへ回って入ってきますねー」

と、庭をぐるりと回って玄関へと向かう。

そして陽は朝凪と夕凪の二人を手伝って、居間におやつの準備をした。

全員が揃ったところでおやつが始まり、陽はシロと話していたとおりに容器に入ったプリンの上にホイップクリームを出して、缶詰のさくらんぼを二つ載せる。

「あと、なにのせる？」

「パイナップルはのせたいですね」

「みかんものせていい？」

二人で楽し気にトッピングをしていく横で、伽羅はまず、そのままのプリンを味わう。

朝凪と夕凪は緊張した面持ちで、伽羅のコメントを待った。

「……うん、スも入ってないですし、滑らかな生地でおいしいですね」

その言葉に二人はホッとする。

陽とシロは納得いくデコレーションを終え、ようやく一口目を食べる。

「んー、おいしい」

まずはホイップクリームとパイナップルを載せた部分のプリンを口に運んだ陽は、何度か咀《そ》嚼《しゃく》したあと、幸せそうに言う。

そして自分の皿に取り分けてもらったシロも、ホイップクリームとプリン――自分で指定したパイナップルだが、大きすぎて一緒には口に入らなかった――をすくって口に入れると、

「ホイップクリームのかたさと、プリンのやわらかさのバランスがとてもいいです……」

と、コメントする。

「うん！　おくちにいれると、かたさがちがうのがおもしろくて、でも、すぐにホイップクリームがとろけてくるの」

「そうです、そうです」

二人の食レポを聞きつけ、

「あ、俺もホイップクリーム載せよ」

伽羅はホイップクリームの袋に手を伸ばす。

「二人も自分の分用意してあるんだから、一緒に食おうぜ」

涼聖は伽羅の反応を気にしている朝凪と夕凪に声をかける。

このままでは、ちゃぶ台に人数分用意してあるのに、食べないままでおやつタイム終えてしまいそうだったからだ。

その言葉に朝凪と夕凪は思い出したように、空いている場所に腰を下ろす。

そして自由にトッピングを始めた。

双子だが、好みは違うらしく、朝凪は多めのホイップクリームにちょこんとチェリーを置いただけのシンプルなものだが、夕凪はホイップクリームは少なめなものの、準備したフルーツを全部載せしてプリンの上を埋め尽くした。

「個性が出るな」

と言う涼聖の言葉に、

「いえ…私はあとで追加で載せていきますので、最終的に夕凪と同じことになります」

朝凪が返すと、

「ボクもついかのせする」

いいことを聞いた、といった様子で陽が言い、シロも頷いた。

なお、琥珀と涼聖はプリンだけを楽しんでいる。

こうして、和やかにおやつタイムは始まったのだが、

「あとで細かい場所はチェックしますけど、玄関からここまでを見た限りだと、二人とも、ちゃんと家のことをしてくれてたみたいですね」

伽羅が朝凪と夕凪に視線をやって言った。

それに答えたのは、

「うん！　あさなぎさんも、ゆうなぎさんも、いっぱいおうちのことしてくれてたよ」

「はい。おふたりともとても、はたらきものです」

陽とシロの二人だった。

朝凪と夕凪も、自分から「やってました」とは言えないだろうから、いい援護射撃である。

「伽羅殿のように、とは参りませんが」

「でも、お元気でお戻りになられてよかったです。これで肩の荷を下ろせます」

朝凪と夕凪が言う。

その言葉には、なんとなくそろそろお別れ、というようなニュアンスが含まれていて、それを陽は敏感に感じ取った。

「きゃらさんがかえってきたから、あさなぎさんと、ゆうなぎさんは、ほんぐうにかえっちゃう

の？」

小首を傾げて問う。

この一週間ほど、二人に遊んでもらったり、寝かしつけてもらったりしていた陽は、二人とかなり親しくなっていて「お別れ」が寂しいようだ。

双子はどう答えたものかといった様子で顔を見合わせていたが、

「すぐじゃありませんよー。俺も、家事の勘を取り戻さないといけないんで、しばらくサポートで残ってもらう予定です」

伽羅はさらりと二人の残留を告げる。

それに双子は「え、聞いてない……」といった顔をしたが、

「じゃあ、もうすこし、おうちでいっしょなんだ。やった！」

陽が笑顔で言い、シロも笑顔で頷いて、二人が残ることを喜んでくれている様子を見て、まあいいか、という様子で頷いて返していた。

――あー…、この二人も順調に沼落ちしたか……。

涼聖は心の中で密かに呟く。

涼聖自身を含め、集落の住民、月草、たまにしか来ない成沢《なりさわ》をはじめとして、つい最近ではキレたところしか涼聖は知らなかった秀人《ひでと》の父親までも陥落させてきた陽である。

そのアイドル力はさすがとしか言いようがない。

陽はシロと一緒に追いホイップ、追いフルーツでプリンを楽しんでいたが、不意に、

「あ、きゃらさん」

「どうしましたか！？」

「おととい、しょうけいのおじいちゃんから、おてがみがきたの」

と報告する。

『しょうけいのおじいちゃん』とは、陽の血縁である稲荷の長老だ。

始祖である祥慶《しょうけい》から一子相伝で一族の術を伝え続けてきたのだが、年々、力を持って生まれる者が少なくなっていた。

そして、当代の長老の跡を継ぐはずだった唯一の次代候補が失踪してしまったため、かなりの傍系とはなるものの、血縁である陽に跡取りの白羽《しらは》の矢《や》が立《た》つこととなったのだ。

それでひと悶着あったのだが、今は陽の「いいおじいちゃん」として、折に触れて会いに行くような関係を築いている。

しかし長老はかなりの高齢であり、陽が術を覚えられるほどになるまで生きていられるかどうか危ういことから、長老の知る術のすべては、いったん、伽羅が預かっているのだ。

とはいえ、伽羅が言うには、

『術式は頭に入ってますけど、ちゃんと使えるかどうかっていうのは別です。料理本を持ってるだけじゃ、料理できます、とは言えないじゃないですかー。そのレシピを見ながら作っても、大

きく失敗ってことはなくても、火加減とか、ちょっとしたことでなんとなく失敗って感じはありますし、自信を持って、十八番料理です！　って言うまでには試行錯誤しなきゃいけないのと同じなんで。今回の場合は、「とりあえず、こういう料理があります」ってレシピをお預かりした感じですね』

らしい。

たとえが料理になるあたり、本当に主夫だなと思ったのは秘密である。まあ、バレているだろうが。

そういういきさつがあるため、祥慶の長老のもとに行くときには、必ず術を預かっている伽羅も一緒に、ということになっているのだ。

「じゃあ、梅雨《つゆ》に入る前に会いに行きましょうかー」

伽羅が言うのに、陽は、うん、と頷いた。

◇◆◇

陽の寝かしつけは、ここ最近のルーティン通り、朝凪が行った。

帰宅した伽羅に、と陽が言ったなら、伽羅が行うことになっただろうが、陽は特に何も言わなかった。

風呂から上がると、今日の当番である朝凪と一緒に、「おやすみなさい」と挨拶をして、部屋に戻ったからだ。

陽の寝かしつけをしている間に、片方は翌朝の朝食の仕込みをするというのが、朝凪と夕凪の間の分担である。

寝かしつけが終わる頃には、仕込みが終わるので、その後、入浴を終えて出てくる琥珀の髪を乾かし——伽羅からの指令である——たほうが、香坂家で眠り、もう一人は伽羅の家に戻る、という形だった。

伽羅の家にどちらかが戻るのは、伽羅の家も閉め切りにはしておけないからである。

日中も、手が空いたほうが伽羅の家の掃除や、風を通しに向かっていた。

だが、今日は琥珀のドライヤーは伽羅が担当することになったので——というか伽羅が譲らなかったのだ——、朝凪と夕凪の仕事は、寝かしつけと朝食の仕込みで終了した。

「「では、私たちは下がらせていただきます」」

朝凪と夕凪は入浴を終えて出てきた琥珀と、琥珀の髪を乾かすためにドライヤーを持ってスタンバイしていた伽羅にそう言って、客間へと向かう。

今日からは、伽羅が家に戻るので、二人とも香坂家の客間で眠ることになっていた。

「はい、お疲れさまー」

「今日も世話になった。よく休んでくれ」

伽羅と琥珀に声をかけられ、

「「おやすみなさいませ」」

やはり美しくハモって言うと、そのまま客間へと引き上げていった。

「さて、琥珀殿、髪を乾かしましょうかー」

にこにこしながら伽羅は言い、琥珀の部屋へと入る。

そして以前のように髪を乾かし始めた。

「あー、琥珀殿の髪を乾かすのも久しぶり……」

感慨深げに言う伽羅に琥珀は少し笑う。

「療養は、順調だったのか？」

「はい。部屋に戻ってからは、基本的に元の姿でずっと寝てました。ヘタに起きてたら、白狐様から仕事振られる可能性があったんで……」

「まさか。療養中のそなたに、仕事など」

「と思うでしょー？　人の姿になって体を起こしてるところ見られたら『おお、体を起こしていられるまでになったのなら、ちょっと書類に目を通してほしいでおじゃる』なーんて言って、巻物どっさり積んで持ってきますよ、絶対」

付き合いがそれなりに長いから、分かるんです、と伽羅は笑う。

「あとは目が覚めたら隣に秋の波ちゃんが寝てたりしてびっくりしたこともありましたね」

「秋の波殿が？」

「はい。影燈殿は、俺が帰る時にご挨拶に伺ったんですけど、まだ術部で隔離中でした」

伽羅の返事に、琥珀は少し眉根を寄せる。

「まだそれほどまでに穢れが……？」

「いえ。もう気にしなくていい程度らしいんですけど、秋の波ちゃんのそばに一番長くいるのは影燈殿なんで、念には念を入れて、ってことみたいです。なので、秋の波ちゃん、暇だったらしくて……。まあ俺も寝転んでいても寝てないってことも多かったんで、二人でいろいろおしゃべりして過ごしてました」

「では、秋の波殿は落ち着いておいでなのだな」

「そうですねー……。多分、ナーバスなところはあると思うんですけど、そういうところは見せないって感じですかねー」

無理もないと思う。

今回の件に関して、秋の波は本宮において重要な存在だ。

しかも、母親である玉響と、恋人である影燈の二人が今回の作戦に参加し、敗走という結果になった。

「必要以上に、自分をお責めにならなければよいのだが……」

呟いた琥珀に、

「それ、琥珀殿にも言えますからねー？」

伽羅はおどけた口調で言い、あらかた乾いた琥珀の髪を、緩やかな風でセットし始める。

「どういうことだ？」

「琥珀殿、俺が怪我したこと、気にしてるじゃないですかー？」

さらりと言われて、琥珀は一瞬言葉に詰まったが、

「それは、当たり前のことだ。……私を庇って……。龍神殿の加護がなければ、そなたは……。すまなかった」

謝罪を口にする。

「しょうがないですって。だって、勝手に体が動いちゃったんですし。なんていうか、俺の琥珀殿への愛の深さが、そうさせた、的な？」

伽羅は片方の手で胸のあたりを押さえてから、親指と人差し指を交差させて作ったハートマークを琥珀のほうへと向け、笑いながら言うが、

「笑って話せるレベルのことではない。そなた、命を落としかけたのだぞ」

琥珀は強く眉根を寄せた。

それに、伽羅はドライヤーを止める。

「体が、勝手に動いたっていうのは、本当です。ただ……あの時、想像以上に体が思うように動かなくて。いつもの俺なら、あの程度の術、躱《かわ》せたはずなんです」

術士が琥珀に照準を合わせているのに気づいた瞬間飛び出した。

術が繰り出されるまでに琥珀ごと、自分も退避できるはずだったのだ。

いつもの自分なら。

「あの場にいた稲荷の大半が、体の自由を奪われてましたし、月草殿のところから来た人たちの中にもそういう人がいましたよね」

「ああ。おそらく崩落直後の文様が関係しているのだろうと思う」

その言葉に伽羅も頷いた。

「全力で張った結界も半分ほどの威力しかありませんでしたし……。でも、琥珀殿には影響なかった感じですよね」

「特に何かを感じたわけではなかったな」

「本宮では、あの作戦の分析が始まりました。幸い、作戦に参加した全員が生きて帰還したので、詳細な情報が上がってはいるんですが……情報量が多いので、精査するのに時間がかかるようで……。八尾以上の稲荷の大半が解析に駆り出されてます」

伽羅は本宮の状況を伝える。

「そうか……」

「あと、ちょっと気になってることがあるんですけど」

「どのようなことだ?」

問い返した琥珀に、

「涼聖殿たちのことです」

伽羅はそう言って、一度間を置き、続けた。

「俺、あの後の記憶がまったくなくて、目が覚めたら治癒院だったたんですよね」

「……ああ」

死んでいるのかもしれないと思うほどの状態だった。

「あとで説明を受けたんで、本宮に戻るまでの経緯は知ってるんですけど、ただ、琥珀殿が帰還座標を摑んでくれて、ここに一旦戻って、そこから月草殿のところの皆さんも一括で本宮へっていう、ざっくりしたことしか分かってなくて」

ただ、その説明を聞いてずっと気になっていたことがあった。

「ここに戻ってきたってことで、その時に涼聖殿も、今回の作戦が失敗したってことは分かったと思うんですよね。あんな状況で帰ってきて……怒ったっていうか、戸惑ったと思うんです。……そのあたりの説明はどうなってますか?」

涼聖がどういう説明を受けているのか。

琥珀はどこまで話したのか。

まったく危険がないとは言わないが、あんなことになるとは思っていなかったのだ。

「私の知る限りのことは、すべて話して説明した」

「涼聖殿はそれで納得されたんですか？」

伽羅の問いに、琥珀はしばらく考えてから口を開く。

「……逃げるのはやめる、と、そう言っていた」

「逃げるって……？」

意味が分からず、伽羅は首を傾げた。

「住む世界が違う。それゆえに、考え方やしきたり、そういったものが私と涼聖殿では違う。だからこそ、知らない者の立場から口出しをせずにきたと」

あの夜、涼聖に言われたことを思い出しながら琥珀は続ける。

「だが、それは『口出しをしない』ことにすれば、考えずにすむという逃げであったと、そう言っていた」

「んー……？　いや、まあ、涼聖殿の言いたいことは分かるんですけど、涼聖殿は別に『逃げてた』わけじゃないですよね？」

伽羅は逆側に首を傾げて、琥珀に問う。

それに琥珀も頷いた。

「こちらの事情を汲んで、あえて聞かずに線引きをしてくれていたと、私はそう認識していたのだ」

「実際、どこまで話していいんだ？　ってとこありますしね。やっぱり、どれだけ協力的っていっても『人』の感覚では、理解しきれないところって実際、あると思いますし、理解できても……ってところもあるわけですから、人の世界に実害が及ばないなら、聞かないっていうスタンスは、ぶっちゃけこっちとしても楽ってとこありますよね」

伽羅の言葉は正直すぎるが、実際、そうだった。

その気遣いに甘えていたのはこちらのほうだと思う。

「ただ、涼聖殿は線引きをすることで『協力する意思がない』とこちらが捉えているのではないかと思っているのかもしれぬ……」

返ってきた琥珀の言葉に、

「いやいやいやいや、秋の波ちゃんの時には、琥珀殿のために本宮まで来てくれたわけですし、龍神殿の一件で琥珀殿がお倒れになった時だって、龍神殿と対峙されましたし、充分協力的だと思うんですけど？」

伽羅は真っ先に思いつく二つの出来事を挙げた。

どちらも、並の者であれば、稲荷でさえ尻込みするような案件だ。

もちろん、『知らない』からできたという部分もあるかもしれないが。

琥珀も同意らしく頷いたものの、

「倉橋殿が眷属になったことを聞いた、と……」

そう告げる。それに伽羅は、あちゃー、という顔をした。

「よりによって今、聞いちゃったとか……タイミング的に……。確かに、ちょっと誤解するっていうか、思うところがあるかもですよねー」

伽羅の言葉に琥珀は黙していたが、同じことを考えているのは表情で分かった。

「それで、説明したんですか？」

「いや。何から説明すべきか考えがまとまらず、まだ……」

思案顔になる琥珀に、

「早いほうがいいです。涼聖殿、基本的に大体のことは理性的に処理しますけど、ネガティブ方向に処理しかねないですし。説明したら分かってくれる人だとは思いますけど……あんまり、上手い言葉で説明しすぎても、こういうのって逆にダメな気がします」

伽羅はそう言うと、

「思い立ったが吉日なんで、今夜、涼聖殿と話してください」

琥珀の背中を押した。

「いや、そうは言うが……本当にどういったことから話せばいいのか」

「どこからでもいいですって。一番核になることなんて一つじゃないですかー。付属的な説明は、あとからいくらでもできます」

戸惑う琥珀に伽羅がそう返した時、涼聖が風呂から上がったらしく、脱衣所の引き戸が開く音が聞こえた。

「ほらほら、行って、行って！」

伽羅は琥珀の肩をパシパシ叩いて、立ち上がるよう促す。

それでも戸惑っていた琥珀だが、

「はーやーくー！　今日逃したら、踏ん切りつけづらくなりますよ」

と、伽羅に言われてようやく立ち上がった。


行ってらっしゃい、と送り出されたものの、琥珀は涼聖の部屋の前でしばし立ち尽くしていた。

まさか、こんなことになると思っていなかったので、本当に何も考えていなかったのだ。

いや、説明しなければいけないとは思っていた。

しかし、どこから説明するのが分かりやすいのか、誤解のないように伝えることができるのかを考えているうちに、こんがらがって、先送りしていた。

だが、確かに、あまりに周到に準備をしてしまうと、それはそれで気まずい気もする。

――付属的な説明は、あとからいくらでもできます――

さっき伽羅に言われた言葉を思い出し、琥珀は涼聖の部屋の扉を叩いた。

「涼聖殿、少しいいだろうか」

声をかけると、すぐに涼聖が歩み寄ってくる気配がして、ドアが開いた。

「どうした？　伽羅はもう帰ったのか？」

意外そうな顔で問う。

「ああ、おそらく。……少し話したいことがある。かまわぬか？」

琥珀が言うと、涼聖は、ああ、と招き入れてくれた。

ベッドに並んで腰を下ろし、少し間を置いてから、最初に口を開いたのは涼聖だった。

「伽羅、意外と早く帰ったんだな。おまえともっといろいろ話してるかと思ってた」

「戻ったとはいえ、まだ回復途上ゆえ……」

「まあ、そうだよな。瀕死の重傷って感じだったのは、まだついこの間だからなぁ。それがこんな短期間でパッと見、普通にしてるくらいに回復するんだから、すごいな」

感心した様子で涼聖は言う。

「戻ってすぐ、龍神殿が保護してくださらねば、危うかっただろう」

「やっぱ、龍神って力のある神様なんだな。飲んだくれてるか寝てるかって印象しかないから、つい扱いが雑になるが」

涼聖はそう言って笑うが、琥珀が何を話しにきたのかは薄々察している様子で、軽口を利きながら本題に入るのを少し遠ざけているようにも思えた。

「……回復途中の龍神殿にも、此度の件では世話をかけた」

「たまには世話になってもいいだろ。いつも、こっちが世話をやいてんだから」

涼聖がそう言ったあと、少し会話が途切れた。

沈黙が横たわり、その沈黙が気まずいものになる前に、琥珀は覚悟を決めた。

「……眷属のことだが」

まっすぐに切り出す。

隣に座した涼聖が、少し緊張したのが分かった。

「涼聖殿のことを、眷属に、と考えたことがないわけではない」

琥珀の言葉に涼聖は小さく息を呑む。

「そう、なのか……?」

「ああ。だが、そなたは常々、私より先に逝《い》くと言っていたし、私も基本的には、人は、人の寿命のうちで生を全うするのが正しいと思っていた」

「いや、俺は……眷属なんてもんがあるって知らなかったから、普通に考えりゃ、そういうもんだって思って……」

涼聖の言葉に、琥珀は小さく息を吐いた。

「人は死ぬ。それは当然のことだ。何人もの民を、私も見送ってきた」

お宮参りに来た子供が、日を追うごとに成長し、年頃になって伴侶を得、子を生して、やがて老いて死んでいく。

わずかな期間に様々な経験をして、泣いて、笑って、怒って、喜んで。

その様を繰り返し見守ってきた。

見守り、時にはそっと手を貸す。それが自分の役割だと思ってきた。

「園部《そのべ》殿が亡くなった時——私は、そなたに眷属について告げようとした。だが、あの時は私も感傷的になっていたこともあって、話すことはできなかった」

琥珀の言葉に、涼聖は記憶を遡らせた。

園部の葬儀の夜、琥珀と二人で話した。

確かにその時、琥珀は何か言いかけてやめていた。

——園部殿のことで、私も少し感傷的になっているようだ。今、言うべきことではないゆえ、また時を改めて——

そう言って、それ以上は何も言わなかったのだ。

涼聖も無理に聞こうとは思わなかった。

「今は、話していいのか？　もし俺がこの前言ったことが理由で、急かされてるっていうか、そういう感じなんだったら別に」

今が琥珀の思うタイミングでないのなら、今度でいいと言おうとしたのだが、

「正直に言えば、何から、どのように伝えればいいのかは定まっておらぬ。だが、上手く伝えら

れるかよりも、『今』伝えるということのほうが大事なのだろうと思う」

琥珀はまっすぐに涼聖を見て言った。

「ゆえに、わかりづらい部分もあるかもしれないが、聞いてもらえるか」

「……ああ」

涼聖が返事をすると、琥珀は少し間を置いてから、口を開いた。

「眷属というのは、属する種族や、理《ことわり》の違う存在を、己の属する世界のものにすることだ。妖であれ、人であれ、動物であれ。……眷属となったものは、元いた世界の理から切り離される。涼聖殿であれば、人の世界の理から外れ、私と同じ世界の理で生きることになる」

それは、倉橋や龍神から聞いたことでもあったが、涼聖は知っている、とは言わず、琥珀の言葉の続きを待った。

琥珀の言葉で、きちんと聞きたかったからだ。

「人の魂は、輪廻《りんね》を繰り返す。今生の生を終えた後、次の生へと向かう。だが、私たちは違う。人より長く生きるが、力を失えば消滅する。涼聖殿を眷属とすれば、涼聖殿の魂は、今の生を限りとしてしまうことになる。輪廻とは、違う立場、状況で生まれ、新たな経験を得て魂の成長を促すためのもの。その過程で、魂を削られて滅してしまう者もいることは事実だ。だが、成長を遂げた魂は、どういう形であれ、人々に救いや希望をもたらす存在となる。……その過程の最中にある魂を、眷属という形で理から切り離していいものかどうか」

「だから…知らせないでおこうと？」

問い返した涼聖に琥珀は頷きはしなかった。

それだけが、知らせることのできなかった理由ではないのだろう。

そして、その理由は、琥珀自身まだ把握できていないのかもしれない。しかし、

「長くともにいることができる術を知り、その力を持っているからといって、人の理で生きている者を、ただ『好いたから』という我欲だけで、眷属として迎え入れていいものかどうか分からなかった」

琥珀は、今、自覚している理由を口にする。そして、

「涼聖殿は、こうなる以前に、私が眷属の話を切り出していたら、どうしたと思う？」

逆に問いかけてきた。

「……それは、正直分からねえ」

それは、涼聖の今の素直な気持ちだ。

『逃げるのはやめる』

そう決めたあとでさえ、自分がどう決断するかは分からなかった。

「けど、知らされずにいて、悩まずにすんだとは思わねえよ」

涼聖はまずそう言ってから、少し間を置いた。

「……おまえの世界のことを知らない俺が、おまえの足手まといになる可能性は充分ある。だか

ら、これまではおまえが説明する以上のことは聞かないつもりだった」

聞いても、涼聖で対処できることはほぼないだろうと思ったからだ。

それなら、余計な口出しをするだけ、琥珀の気持ちの負担になる。

「でも、今は、おまえの世界のことをちゃんと知りたい。知った上で、向き合いてえって、そう思ってる」

その返事は、涼聖らしいとしか言いようのない言葉だった。

強がることもなく、分からないことは分からないと言い、自分の弱さですらまっすぐにさらけ出してくる。

それは正直であり、また不器用でもあるのだろうと思う。

しかし、その不器用さにどこか安心している自分がいるのに、琥珀は気づいていた。

「……何から、伝えればいい？」

静かに、琥珀は聞いた。

向き合うために、必要なこと。

涼聖が何を知りたいと思っているのか。

求められるまま、答えようと思った。

――だが、

「何から？」

そう言って涼聖は首を傾げる。

「ああ、何でもいい」

「ていうか、何がどうなのかさっぱりなんだけどな。どういったことがあるのかも、皆目見当がつかねえっていうか」

もっともと言えば、もっともな言葉である。

それに琥珀は気が抜けて微笑んだ。

「……確かにそうだな。私も、何から伝えればいいのか分からぬのだから」

「まあ、おいおい頼む。陽にもいろいろ教えるんだろ？　そのついでっつーか、陽と一緒に勉強すんのが手っ取り早いか？」

「それもそうだな」

琥珀はそう返しながら「早いほうがいい」と助言をくれた伽羅に感謝する。

何から説明すればいいか分からなかったのは本当だ。

だが、それと同時に涼聖へのうしろめたさのようなものがあって、気が進まず、先延ばしにしていた自分もいる。

しかし、琥珀がまず、涼聖に伝えねばならなかったのは、涼聖に対して自分が抱いている「気持ち」だったのだ。

――一番核になることなんて一つじゃないですかー――

さっきは聞き流してしまった伽羅の言葉が、今になって蘇ってきた。

——ああ、確かにそうだな……。

胸のうちで呟いた琥珀の耳に、

「つか、倉橋先輩、多分予備知識ほぼゼロで飛び込んでんだよな……すげえな」

妙な感心をする涼聖の言葉に、そうだな、と琥珀は返して苦笑した。

6

週明け、影燈が術部の最終検査を終えたのは、まもなく夕餉という時刻だった。

当初からの予定通りで、秋の波は午前中に影燈に会いに来ていた。

「じゃあ、ゆうげは、いっしょにたべられるんだな」

確認する秋の波に頷くと、

「だったら、くりやにいって、たいいんいわいてきなかんじで、ちょっとごうかめのゆうげにしてって、おねがいしてこよーっと」

笑顔でさらりと厚かましいことを言う。

「やめろ、迷惑をかけるな」

即座に影燈は止めた。

厨の稲荷たちも、秋の波には甘い。

秋の波がちょこちょこっと厨に遊びに行って、

「ねー、なにかあじみさせてー」

と無邪気に言えば、味見させるようなものがなくとも、簡単に何かを作って出してくる程度には、甘い。

それは、己の見た目を利用した追い剝ぎではないかと影燈は思う。

「べつに、たいのおかしらつき、じゅんびして、とかいわないし。ひとしなくらい、なにかさーびすしてーってくらいなら、やってくれるって」

「だから、サービスを求めに行くな」

「じゃあ、そうおうのたいかをはらって、おねがいすることにする」

そんなことを言う秋の波に、

「諦めるって選択肢はないのか、おまえには」

思わずため息が漏れる影燈である。

「おねがいして、だめっていわれたら、あきらめるよ。でも、なにごともちゃれんじだから」

いい笑顔で秋の波は返してくる。

多分、何を言っても無駄だと影燈は諦めた。

――願わくば、厨に迷惑をかけてませんように……。

影燈は祈るような気持ちで、本殿の自分の部屋へと戻ってきた。

「秋の波、いるか？　入るぞ」

声をかけ、襖戸を開く。

「おかえり、影燈」

聞こえてきたのは、いつもの子供特有の高さを持った秋の波の声ではなく、それよりは低めの青年のものだった。

「秋の波……」

「退院、おめでとー」

部屋の中、座布団に胡坐をかいて影燈を待っていたのは、五尾の頃の姿になった秋の波だった。

「おまえ…」

「驚いただろ？　サプライズってやつ」

いたずらな笑みを浮かべて、秋の波は言う。

「驚くに決まってる……」

秋の波は、大人の姿に戻ることもできる。

とはいえ、戻るには「力」が必要で、年に数回、といったところなのだ。

「間抜け面してないで、座れよ」

秋の波はそう言うと自分の向かいを指さした。

そこには常用している座布団と、それから豪華な箱膳の夕餉が準備されていた。

同じものが秋の波の前にもある。

「豪華だな。おまえ、厨の稲荷に無理を言ったんだろう」

厨の普段の食事はおかず二品――肉、魚のメインが一品と、野菜もので一品――と、汁もの、漬物、ご飯で構成されているのだが、今日はそこに盛り合わせの刺身と天ぷら、それから一合サイズの徳利で酒も準備されていた。

「無理とか言ってないって。ちゃんと対価をお渡ししましたー」

ちょっと拗ねた声を装って秋の波は言う。

「その対価はなんだよ」

「知りたい？」

「ろくでもないもの渡してたら、あとで謝りに行く」

「ろくでもなくないって。お宝だから。……まあ、人によればってことにはなるけど、よっちゃう稲荷を選んでお願いしたから」

笑顔で問題ない、と言う秋の波だが不安しかない影燈である。

その様子に秋の波は詳細を話し始めた。

午前中の見舞いを終えて影燈のもとをあとにした秋の波は、その足で厨に夕餉を頼みに行こうと思ったのだが、迷惑をかけるなと影燈に言われたことを思い出して、一度部屋に戻った。

——そうおうのたいかをはらえばいいんだよ、たいかを。

姿は幼くとも五尾の頭脳を持ち合わせている秋の波である。

対価は何がいいか、考え始めた。

——つっても、いまのおれがたいかとしてさしだせるものって……このかわいさだけなんだよなー。

なかなか厚かましいことを思いながら、秋の波はしばし考える。

そして少ししてから手に取ったのは、玉響がプレゼントしてくれたタブレットである。

一人の時でも秋の波が動画やゲームを楽しめるようにと買ってくれたものだ。

基本的に人界の通信製品は、次元が違うためそのままでは本宮で使うことはできないのだが、人界勤務の稲荷が改造して使える仕様にしているので、このタブレットもそうしてもらっている。

それで秋の波はモンスーンを視聴したりゲームを楽しんだりしているのだ。

秋の波はそのタブレットを持って、仕事をしている稲荷たちのもとに向かった。

そこであることを頼んだところ、快く引き受けてくれて、頼んだそれを持って厨に行った。

本宮のアイドルである秋の波は、厨の稲荷たちにいつも通り笑顔で迎えられ、

「秋の波ちゃん、いらっしゃい」

「味見しに来てくれたんですか?」

味見と聞いて、秋の波は目を輝かせた。

「あじみ、する!」

来た目的をすっ飛ばし、まず秋の波は味見を楽しんだ。

今日の味見はエビしんじょだった。

「えびがぷりぷりでおいしぃー」

にこにこしてほおばる秋の波の姿は愛らしいことこの上なく、厨の稲荷たちは仕事をしながら

秋の波の姿に目を細める。

そして食べ終わると、きちんと手を合わせ「ごちそうさま」をして厨を出て行こうとした秋の波は、そこで、自分の今日の目的を思い出した。

「あ、まって。きょうは、あじみにきたんじゃなかったんだ」

てててっと小走りに戻ってきた秋の波に、

「そうなんですか？」

厨の稲荷は首を傾げて問い返す。

「うん。あじみがおいしかったから、あたまからちょっとふっとんじゃったけど、おねがいごとがあってきたんだ」

「なんでしょう？」

厨の稲荷は腰を曲げて秋の波と視線を合わせた。

「えっとさ、きょう、かげともが、やっとちゆいんからでてくんの」

「それはよかったですね」

「ありがと。それでね、ゆうげを、ちょっとごうかにしてほしいなって」

「夕餉を豪華に、ですか？」

「うん。ちょっとだけ、おいわいてきないみで。でもさ、かげともは、くりやのみんなに、めいわくかけちゃだめっていうんだよなー」

少し唇を尖らせて言う秋の波に、厨の稲荷は頭を横に振る。

「いえいえ、迷惑なんて思いませんよ。やっとの退院ですから、お祝いしましょう」

「うん！　でもさ、やっぱり、いつもいろいろあじみとかさせてもらってるし、おれいとかもかねて、これ、うけとってほしいんだー」

秋の波はそう言うと、先ほど本殿の稲荷にお願いして作ってもらったものを取り出した。

それは、ポケットアルバムだ。

「これは？」

「なか、みてー」

差し出されたそれを厨の稲荷は受け取り、ページをめくって悶絶した。

ポケットアルバムに収められていたのは、様々な着ぐるみパジャマで戯れている秋の波と、琥珀の養い子である陽、それから座敷童子のなりかけであるシロの写真だった。

「こ…これは……」

「かわいいおれをみてー、っていうのもあるんだけど、はるちゃんとしろちゃんもすごいかわいいから、みんなにみてほしいなーっておもって」

にここにこして言う秋の波の「みんなにみてほしい」の言葉に、近くにいた稲荷たちが集まり、そして、写真を見てくずおれる勢いで悶絶した。

「その結果がこれ」

ちょっとドヤって言う秋の波に、影燈はため息をついた。

「おまえなぁ」

「いや、喜んでもらえたんだってば！　今度からは二日前までに言ってくれたら、もっとすごいの作るからってまで言ってくれたんだぜ？　マジで喜んでもらえた証じゃん。そりゃ、陽ちゃんとシロちゃんまで使うっていう合わせ技も使ったけどさぁ」

秋の波は力説する。

「いや、喜んでもらえたってのは疑ってない」

「だろ？　それでさ、俺、確信したんだけど、握手付き写真即売会やったら、結構な数の稲荷が来てくれそうだと思うんだよなー」

いろいろと言いたいことはあったが、楽しそうに話す秋の波の様子に、影燈はもう、どうでもよくなってしまった。

「まあ、なんにせよ、おまえがアイドル力を生かして厨に頼んでくれた夕餉だ。楽しませてもらおうか」

影燈の言葉に秋の波は笑顔で頷き、二人は夕餉を食べ始めた。

食べながら話すのは、いつも通りの他愛もないことだ。

「タイムアタック、あともうちょいってとこまで行ったんだけどさー、コンマ三秒でダメだったんだよなぁ」

秋の波が意地になって取り組んでいるゲームの話をしたり、

「そういえば、治癒院にいる間に読んだサスペンスで面白いのあったぞ。おまえも、あとで読むといい」

影燈は治癒院にいる間に読んだ本を勧めたりする。

作戦のことについては、触れなかった。

それは影燈が治癒院にいた頃からずっとだ。

秋の波は体の具合を聞いてはきても、どうしてそんな怪我をすることになったのか、一体何が起きたのかは聞かなかった。

思うところがあるのだろうと思って、影燈も、あえて話すことはしなかった。

もし、話して、秋の波が泣いても、今は抱きしめて慰《なぐさ》めてやることすらできないのだから、と。

食事のあと、箱膳を厨に戻しに行ったのは影燈だった。

秋の波が行くと言ったのだが、厨に夕餉の礼を言いたかった影燈が向かうことにした。

そして無事に礼を言い終え、部屋に戻ってくると秋の波はただ静かな表情で座したまま、床の間の花を見ていた。

秋の波とこの部屋で過ごすようになってから、床の間の花は絶えたことはない。

一人でいた頃は任務で部屋を空けることも多かったので、そういったものはなかったのだが、秋の波が普段の幼子の姿で固定されてからは、秋の波が部屋係の稲荷から花材をもらってきて、自分で生けている。

「もう紫陽花の季節か」

声をかけると、はっとした顔をして影燈を見ると、

「盛りにはまだ早くて、ちょっとしか咲いてないっぽいけどな」

秋の波はそう言って笑顔を作る。

「……何を考えてた？」

秋の波が笑顔を作るのは、何かをごまかすときが多い。

それも、深刻なことを。

「やっぱ影燈は気づいちゃうかー。それって愛だよな？」

おどけて返してくる。

「はい、はい、愛、愛」

「軽っ！」

秋の波は笑って返してから、少し間を置いて口を開いた。

「あのさ、今回の作戦のあらましっていうか、何が起きたのかってこと、白狐様から一通り聞いたんだ」

あの日、影燈のもとから戻って白狐と会ったあと、秋の波は白狐の部屋でおやつを食べながら、何が起きたのかを聞いた。

「まだ、情報の精査もできておらぬゆえ、確実なことは何も言えぬでおじゃるが」

白狐はそう前置きをしてから、言った。

「おそらく、すべては罠でおじゃる」

「わな」

「うむ。……各祠の強化を始めたことで、奴らは我らが何かに勘付いたことを知ったのであろう。自分たちのことを探りに来ることを想定して、あの気脈を囮《おとり》に使い、我らに罠を仕掛けたのでおじゃる」

それに気づかず、まんまとその罠にかかった。

白狐は湧いてくる苦い思いを噛みしめる。

「誰も欠けさせることなく戻れたのは、奇跡でおじゃる」

「うん……」

「しかし、結局は、何も分かっておらぬ。相手の根城も、相手の正体も。そして、気になることも起きておじゃる」

「きになること？」

秋の波が問い返すのに、白狐は頷いた。

「後方支援の隊が襲われた際、大半の者が能力を奪われたか封じられたような状態に陥ったようでおじゃる。動けなくなる者も出たというし、伽羅も力が半減とまではいかずとも、かなり制限されたようでおじゃる」

本来の力を出せなかったと分かって、白狐は納得すると同時に安堵した。

もし、伽羅にあれほどの怪我を負わせた相手となれば、こちらとしても打つ手はかなり限られてくる。

とはいえ、能力を制限された、という時点でかなり厄介だ。

——どのような術を使ったのかは分からぬが……。

深く思案するような白狐の様子に、秋の波は切り出した。

「なあ、びゃっこさま、おれのはなし、きいてくれる?」

そう言って、秋の波は続けた。

「まえはとめられたけど、おれ、しゅうごういしきにつながれるように、ちょうせんしてみようとおもう」

秋の波の言葉に、白狐は目を見開いた。

「危険すぎるって、止められただろう!」

影燈はつい、声を荒らげた。

「うん。でも、一番の理由は、時間がないってことだった。集合意識にアクセスできても、それを分析して作戦に生かす時間がないって」

秋の波は落ち着いた様子で返してくる。

「……白狐様は、なんて」

「やっぱ、止められたよ。危ないって。でもさー、危ないのは実際現場に出る稲荷たちも一緒じゃん。今回はたまたま運よくみんな帰ってこられたけど、次はどうなるか分かんない」

そう、今回で終わりではないのだ。

だからこその情報の収集と解析だ。

次に繋げるための。

「俺が不安定な存在だってことは、俺自身が一番分かってる。だからこそ、みんなが一生懸命守ろうってしてくれてることも。それはすごいありがたいって、いっつも思ってる」

野狐からの復活。

この清浄な本宮において、野狐という穢れた存在に一度はなってしまった自分を、腫《は》れもののように扱うのでもなく、遠巻きにするのでもなく、誰もが受け入れてくれている。

些細なことで感情のバランスを崩して癇癪《かんしゃく》を起こすこともある。

それでも、呆れることなく、落ち着くまでそばにいてくれる。

仕事中に、退屈だと押しかけても、相手をしてくれる。

そんな優しさに触れるたびに、自分は何を返せばいいのだろうかと思うのだ。

「だからこそ、守られてばっかなのは、ヤなんだよ。俺にだってできることはある。っていうか、俺にしかできないことがある」

秋の波はまっすぐな目で言った。

覚えていることはほとんどない。

それでも——向こうを『知っている』のは自分だけだ。

「……どれだけ危ないことか、分からないんだぞ」

「それも、ちゃんと理解してる。でも、白狐様には承諾してもらった」

白狐はなかなか首を縦には振ってくれなかった。

最終的には、秋の波の決意の固さに折れてくれた。

というか、固い決意という名の、脅しをかけた。

『びゃっこさまがだめっていっても、おれ、やるから！　どんだけとめられたって、だまってひとりで、やっちゃうから！』

いや、脅しではない。

秋の波は、やるつもりだった。

だから一応決意表明として白狐に話を聞いてもらっただけで——だから『おれのはなし、きいてくれる?』と切り出したのだ。

話を聞いた時点で詰んでいたことに気づいた白狐は、結局、承諾をしなければならなくなったのだ。

「安全を一番に考えた策を講じて、白狐様が同席のもとで、ちょっとでも危ないって思うところまでは絶対に突っ込まないっていう約束した。だから、その範囲内でできることに限られるから、得られる情報も大したことないかもしれないけど」

「だが……」

尚も止めようとする影燈に、

「連中がバカじゃないってのは、今回のことで充分分かったはずだ。今度は、もっと策を練ってくる」

秋の波はそう言ってから、好戦的に目を光らせた。

「……だったら、こっちはその上をいくしかない。だろ?」

それに影燈は大きく息を吐いた。

「おまえ……」

何を言いたいのか、自分でも分からなかった。

反魂など、絶対に阻止しなくてはいけないということくらい分かっている。

けれど、そのために秋の波を危険にさらしたくはない。

しかし、このままでは、甚大な被害を巻き起こす可能性がある。

もし反魂術が完成して、復活させようとしているのが、御霊クラスの存在だったら。

襲いかかる災厄はどれほどのものになるだろう。

「それに、俺だって、やられっぱなしはヤだ。連中にとって、俺は使い捨ての存在だった。つまり、使い捨てだから、俺の存在なんて覚えちゃいないだろ。……ちょこちょこ動き回るのには丁度いい」

野狐に身を落としたのは、己の欲も原因だった。

影燈に会いたくて、会いたくて。

最後に一度でもいいから、会いたくて。

それを利用された。

そして願いを叶えることもできず、あとは負の気を撒き散らす存在としていればいいと、使い捨てられた。

「めちゃくちゃ、心配かけると思う。でも、もう決めたんだ」

晴れやかな顔で秋の波は言う。

もし秋の波が、もっと違う顔をしていれば――例えば恨みや、復讐を胸に抱いた顔をしていれば、影燈は絶対に承諾をしなかった。

すべてが終わるまで、術部に監禁してでも止めただろう。

けれど、そんなものはまったく感じさせない表情で。

何もかも乗り越えたような顔で言うから、止められなかった。

「……五尾の頃とは、何もかもが違うってこと、自覚しろ」

「うん」

「今のおまえには、何もかもが足りてないってことも」

「うん」

「その時は、俺も立ち会う」

「言うと思ってた」

「もし、その時におまえが向こうに引っ張られるようなら――」

それに秋の波は頷いて、

「その時は、おまえが、俺を殺して。俺が、俺でいられるうちに」

静かな声で言った。

影燈は頷いた。

しばらくの沈黙が二人の間に横たわる。

その果てで、

「……それで、おまえ、いつの間に変化できるような力を溜めてたんだ？　今日は満月でもないだろ？」

影燈が聞いた。

今の秋の波は「何もかもが足りていない」のだ。

自在に変化もできない。

毎日少しずつ力を溜めても、今の秋の波の器をいっぱいにしても、変化には満たない。器を超えた力を保とうとすれば、体調を崩してしまう。

だから、変化するには、体調を崩さないギリギリまで力を溜めた上で、満月などの外からの力を借りなければ無理なのだ。

だというのに、今日は変化をしている。

どういうことだと問えば、

「あー、白狐様に力借りた」

あっけらかんと秋の波は返してくる。

「は？」

正直、聞き返した声は、かなり間の抜けたものだと思う。

だが、聞き返さずにはいられなかった。

「集合意識にアクセスしようと思うって白狐様に話したあとで、影燈の話になってさー。影燈が帰ってくるとき、大人の姿でお帰りーって言ってやりたいけど、満月じゃないし、力も溜まってないから、白狐様に『ちょっと、ちからかして？』って言ったら、快くお札作ってくれた」

あっさりと告げ、白狐からもらった札を懐から取り出してみせた秋の波に、影燈は死にたくなった。

「おまえ、いい加減白狐様は本宮の長《おさ》だってことを覚えろ」

「覚えろも何もちゃんと理解してるって。でも、ほら、俺と白狐様って『ズッ友』だからさー。つい甘えちゃうんだよなー」

白狐から直々に何かを授かる、ということそのものが、かなりの僥倖《ぎょうこう》とされている。されている、とやや伝聞形式なのは、秋の波と一緒にいるせいで、影燈の感覚もバグりかけているからだ。

だがそれを差し引いても、白狐から「つい」の「甘え」で、力を分け与える札をねだるなど、あり得ない。

そのあり得なさを『ズッ友』などという軽すぎる言葉で片づける秋の波に関しては、心臓から毛どころではなく、触手か何かでも生えてるのかと疑いたくなる。

「影燈、どうしたんだよ？　俺がこの姿になったの、ヤだった？　いつもの愛らしい秋の波ちゃんが着ぐるみで出迎えたほうがよかったか？」

当の秋の波は、そんなことを真剣な顔で聞いてくる。

心配のしどころが違う、と思えども、おそらくは影燈がどうすれば喜ぶかを考えた結果であることは間違いないのだ。

そして、影燈も、ちゃんと喜んでいる。

ただ、白狐に対して申し訳ないと思うだけで。

「どんなおまえでも、おまえが元気でいてくれりゃ、俺はいいんだぞ？」

そう言って頭を撫でてやると、秋の波は満足そうに笑った。笑ったあとで、

「多分、明日の昼頃までは、この体でいられると思う。……でさ、する？」

ちょっと照れながら、聞いてくる。

脳裏に、明日以降、白狐に会ったらニヤつかれそうだなと思ったが、しなくてもニヤつかれるのには変わりないだろうなと思うし、秋の波がこの姿になる機会はそうそうない。

影燈は笑って頷いた。


「ん……ぁっ、あ」

背中が無意識にのけぞって、思った以上の甘い声が上がるのに、秋の波は羞恥を募らせた。

体の中を開いていく影燈の指が、弱い場所に触れたからだ。

「こら、締め付けるな」

「…ん…なの、無理……」

勝手に体が反応してしまうのだから、秋の波にはどうしようもない。

「まだ一本しか入ってないんだぞ？」

どこかからかうような声で言いながら、中の指を小さく揺らした。

「ッ、あっ、ァ…ッ」

気持ちよくて、その刺激をもっと貪ろうとでもいうのか、指を食《は》む内壁がきつく締まる。

「だから、締め付けるなって」

楽し気に影燈は言うが、それに秋の波は眉根を寄せた。

「……ごめん、…っつも、手間、かけさせて……」

「秋の波？」

思ったのと違う反応を見せられて影燈は秋の波の顔に視線をやる。

眉根を寄せた秋の波は、悦楽に頬を紅潮させているのに、どこか泣きそうだった。

それに戸惑っていると、

「体…いっつも、もどっちゃう、から……面倒、だろ……？」

そんなことを言ってくる。

秋の波がこの体になれることは年に数回だ。

そのため、毎回、体はリセットとまではいかないが、不慣れな状態――年に数回なので、あながち間違いではないが――に戻ってしまい、影燈を受け入れられるようになるまで、それなりに手順を踏まねばならない。

そのことを秋の波は気にしたのだろう。

「悪い、秋の波……そういうつもりじゃないっていうか…」

影燈は一度言葉を切る。

その微妙な間を、何か言い訳を考えているのかと秋の波は思ったのだが、

「ぶっちゃけ、滾《たぎ》る」

多少気まずそうな口調で続いたのは予想外の言葉だった。

「は……？」

「不慣れで『ハジメテ』っぽいのに、イイとこは覚えてるアンバランスさとか、そういうところが、正直萌える」

真顔で返してくる影燈に、秋の波は一瞬遅れて顔を真っ赤にした。

「な、…っ…おまえ、ヘンタ……ァ、あ、ダメ、そこ、ヤぅ……」

悪態を吐こうとした瞬間、中の指を強めに揺らされて、秋の波の体が震える。

「そういうとこが可愛すぎる。今も、俺の指、食いちぎりそうなくらい締め付けて」

「〜〜〜っ！　そぅゆーこと…っや、ダメ、ダメって」

見抜かれている弱いところを、押し上げるのと同時に引っかけるように軽く指を曲げられて、秋の波の体は震えが止まらなくなる。

「ふぁ、ぁ、あッ！　あ、だめ、気持ち悦すぎる…、っ！」

「もっと悦くなっていいって。そのためにシテんだから」

「い、っあっ……ん、んっ、ぅ」

「指、増やすぞ」

蕩けた顔を晒す秋の波の様子を見ながら、影燈は半分ほど引き抜いた指にもう一本をそわせ、ゆっくりと二本の指で中を拓《ひら》いていく。

「ぁッ…あ、ぅっ、それ…っまって、まっ……ぁぁ、ぁ、あっ！」

さっきは一本の指で嬲《なぶ》っていた秋の波の弱いところを、今度は二本の指で代わる代わるひっかくようにしてくる。

激しくはなく、ひたすらやさしく嬲っていくだけの動き。

だが、そこで得られる快感をすでに知っている秋の波は、触れられているそこから、グズグズに溶けていくような感覚に襲われた。

秋の波はイヤイヤをするように頭を横に振るが、影燈の指は止まることがない。

「かげ…とも……、まっ…っ……ぁ、あ、あっ！」

言葉を紡ごうとしても、不意に抉るようにされて沸き起こった強い悦楽で上がった喘《あえ》ぎにかき消されてしまう。

「ぁ、アッ…、……は、ぁッ」

体を弓なりに反らせて腰をヒクつかせる秋の波の様子を見つめながら、影燈はさらにその場所を指でいたぶった。

「あ、…ぁっ、ぁっあ！」

襲ってくる悦すぎる悦楽から逃げようと浮く秋の波の腰を、影燈はもう片方の手でしっかりと捉えて、容赦なく嬲りぬく。

「はぁ……っ、んんっぁ、あっぁ…、あッ！」

悲鳴じみた声を上げながら、秋の波はひく、ひくっと腰を震わせて悶えた。

「あ、ぁっ……！　ぁっあ、やっ……いくっ、中…っ、あ、あ、イク、っ……」

深い場所から襲ってくる愉悦の波に、指でいたぶられている秋の波の媚肉が酷く痙攣《けいれん》した。

「我慢しなくていい」

影燈は耳元でささやいて、刺激を与え続ける。

「や…ァ……ッ、あああ、あっぁ、あ……ッ、ん、…ッん…！」

ガクッと秋の波の腰が大きく震え、その後、がくっがくっと小刻みに揺れる。

中の肉を淫らにうごめかせ、ヒクヒクと体を震わせながら、秋の波は中イキした。

「ぁ…ぁ、…ぅ…ん、んっ」

甘い声を漏らしながら体を弛緩させていく。だが、影燈は中の指を再び攻め始めた。

「……っ！　ひぁ…っ」

「悪いな、もう一本入れるぞ」

余韻の去らない秋の波の中に、影燈は三本目の指を埋めると、中を暴く。

すぐにまた絶頂が戻ってきて、秋の波は中イキを繰り返した。

「は……っ、ぁっ……ぁ、あっあっ、いく…っ、ぅぅンっ、また、ィ、いく、ぁ、ぁー……！」

腰をビクビクと痙攣させて何度も絶頂を迎える。

そのまましつこいくらいに更に何度も嬲られて、そのたびに中イキを繰り返して、与えられる悦楽に秋の波の中はトロトロに蕩け切っていた。

「も…無理、だめ、ふぁ、っぁ、あっぁぁ…っ！」

イキっぱなしなのが怖くて、無理、と思うのに、刺激を与えられている肉襞は、影燈の指に絡みつくようにして刺激をむさぼっている。

だが、その襞を引きはがすように、影燈は中からズルッと指を引き抜いた。

「～～っ、ん、ぁ、ぁ、あっ」

その感触で秋の波は再び達し、荒く息を継ぎながら冷めない余韻に体を震わせる。

そんな秋の波の両足を影燈は大きく広げさせると、散々指で弄ばれてヒクついたままの後ろへと猛った自身を押し当てた。

「そのまま、力を抜いてろよ」

影燈が言った言葉を、理解する余裕は秋の波にはなかった。何か言った、その程度のことしか分からないくらい、愉悦に蕩けていた。

ぽやんとした表情で、秋の波の様子は影燈には大体分かっていたのだろう。

薄く笑うとそのまま押し当てた自身を埋めていった。

「んぁ、あ、あああ……ァ、あ、あっ」

ズルズルと抵抗なく入り込んでくる熱塊の感触に、秋の波は喉を反らせて喘ぐ。

やがて、奥までみっちりと埋め尽くされたが、影燈が動き出す様子はなかった。

だが、さっきまでいたぶられていた内壁は、埋め尽くしている熱塊にねだるように絡みつき、刺激を得ようとうごめき出す。

「ふっ、う……ぅ…」

秋の波の唇から焦れたような声が漏れ、

「さあ、どうしてほしい?」

影燈が耳元にささやいた。

その言葉に秋の波は意味が分からない、といった表情で影燈を見上げる。

何を言われたのか、分からなかったのだ。

影燈はにやりと悪い笑みを浮かべると、奥まで埋めた熱塊をゆっくりと引き抜いて、秋の波の弱い場所をカリのあたりで擦る。

「ふ、あっぁっ!」

「こんなふうに、擦られるのがいいか? それとも」

今度はまた奥まで入り込んで、行き止まりのようなそこで、ゆっくりと腰を回すように動かした。

「やっ、ぁ、ぁ…っ……！」

「ここを、かき回されるのと、どっちがいい？」

「う……ぁっ、あ、ぁ、あ……っ！」

「ほら、どっちだ？」

「ぁ、ぁやっ…っ、あ、あっ」

もうまともな言葉など出てこなくて、与えられる刺激に思考もとびとびになる。

それが分かっていて、

「答えられないなら、俺の好きにさせてもらうぞ？」

勝手な了解を取り付けた影燈は、秋の波の細い腰をしっかりとつかんで、深い場所をねっとりと捏ね回すようにして穿った。

「ん、ん……っぅ…っだ、め…っ！　あっ、あ、お、かし…っ…かしくな…っ……！」

あまりの愉悦に頭がおかしくなりそうで、秋の波は足をばたつかせて逃げようとする。だが、抱え込まれた脚は膝先が震えた程度で、暴れた分だけ刺激が増え、さらに感じ入る悪循環になった。

「あっふぁっ……ァッ、あっ、あアア…ァっ！」

小さな絶頂と大きな絶頂が繰り返しやってきて、秋の波は翻弄されるしかない。そのうえ、不意に影燈の手が、硬さを保ったままで先走りとは言えない白濁の混ざった蜜をダラダラと零し続けている秋の波自身を捉えた。

一度として触れられることなく放っておかれたそこは、突然の刺激に歓喜するようにビクビクと反応したが、

「〜〜〜〜ッ、ぁ、アっ！　それダメ…っ、ダメ、やだ……っ」

体の中と外を同時に嬲られた秋の波は甘すぎる悲鳴を上げた。

中だけでも頭がおかしくなりそうなほどの愉悦を与えられているのに、自身まで攻められて神経が焼ききれてしまいそうになる。

「や…っ、あ、あ。イ……ィ…〜〜〜！」

イク、と言葉にする間もなく、秋の波自身が弾ける。だが、それはダラダラと長く続くもどかしい絶頂で、秋の波は体をくねらせる。

「っ…ぁ、あ、あ」

「悪い、もっと早くシてやればよかったな」

影燈は言いながら蜜を吐き出させるようにして、秋の波自身を扱きたてた。その間も体の奥をえぐる動きは止まらなくて、

「やぁぁぁあっ、あっ、ああっ、あ！　な、か…あ、あああっ」

頭の中で爆発が起きたような強烈な悦楽に襲われて、秋の波は深く達した。

「……っ、……ぁ、う……ぅ、…あっ」

唇をわななかせる秋の波の中は酷く痙攣して、影燈はそのうねりに持っていかれそうになるのを一度やり過ごすと、秋の波の腰を抱え直した。

「とりあえず、俺も一度、出す」

そう言うとそれまでのゆったりとした動きをやめ、強く激しい抽挿を始めた。

深くイったままの秋の波の中を、じゅぷっ、ぶじゅ、と濡れた淫らな音を響かせながら、熱塊が貫く。

待って、と言葉にすらできないまま、連続する絶頂に秋の波は揺さぶられるままになった。

追い詰めるような腰の動きに、秋の波の体が大きく痙攣して、瞼の裏で白い光が何度も瞬く。

だめ、もうだめ。

声のないまま、唇が訴える。

その秋の波を見下ろしながら、影燈は一番奥まで押し入ると、そこで熱をはじけさせた。

「……っ…ふ…ふ」

短く息を吐きながら、影燈は断続的に精を放つ。

熟れ切った肉襞に絡みついていく精液の感触に、秋の波は、ひゅっと息を漏らして、意識を遠のかせた。

だが意識を失っても、内壁はうねうねと蠢いて、影燈を唆す。

それに苦笑しながら、とりあえず、秋の波が意識を取り戻すまではこのまま我慢をするか、と

秋の波のまろい額に口づけた。

7

作戦にまつわる膨大な量の情報記録の分析と解析がある程度進み、暫定的なものではあるが、この時点で得た結論を知らせるという連絡が届いたのは、伽羅が香坂家に戻ってきてから十日ほどした頃だった。

作戦に参加した各隊の隊長クラスと、兵を出した月草も水晶玉を使い音声だけで参加し、その日を迎えた。

もちろん、琥珀と伽羅もである。

この日は平日で、琥珀は診療所にいたのだが、午後からということで琥珀は昼食後に集落の祭《さい》神《じん》に『場』を借りて自分の祠に戻ってきた。

家に入ると、すでに伽羅が水晶玉をセットし終えていた。

「もう、始まっているか?」

小声で問うと、

「いえ、まだです。あと十分ほどありますから、お茶淹れますねー」

伽羅はそう言って琥珀の湯吞にお茶を準備する。

伽羅のサポートとして、あれから一週間、双子は香坂家に滞在していたが、伽羅が問題なく家事をこなせることが分かったので、日曜の夕食のあとに帰っていき、今は以前のように伽羅が一人で家事を回している。

「かなり膨大な量の情報が集まったと思うが、それをこの短期間で解析まで、とは」

琥珀も聞き取り調査を受け、聞き取りとは別に、夜半過ぎにやってきた——涼聖や陽に余計な心配をかけたくないので、夜半過ぎに来てもらうように伝え、祠で会った——本宮の八尾の稲荷に、襲撃を受けた部分の記憶も持ち帰ってもらった。

核となる稲荷からは聞き取りだけではなく、必要があれば記憶も情報として提供を頼んでいるのだと言っていた。

それを考えると、かなりの情報が集まったはずだ。

「八尾、七尾が手分けして分析して、その精査と解析を白狐様が。確認作業は黒曜殿と玉響殿が請け負われたと聞いてますけど……やっぱり、九尾ってすっごいですよねー。普通だと絶対無理です」

感心した様子で伽羅は言う。

「あちらにいた時、伽羅殿も分析を手伝ったのか?」

琥珀が問うと、

「いえ。俺、現時点でも四尾ですし、全力で寝たふりをして仕事を振られるのを避けてましたから」

真面目な顔で返してきた。

全力で寝たふり、などというが、おそらくは以前の琥珀と同じように、回復のために眠りに傾いていたのだろうと思う。

「もう、体は問題ないのか？」

気遣う琥珀に、

「全っ然、問題ないです。そろそろ五本目生えてきそうな感じですし……。もう少し、琥珀殿とおそろいの四尾でいたいんですけどねー」

伽羅は笑う。

「まったくそなたは……」

琥珀が苦笑した時、水晶玉に白狐の姿が映った。

『待たせたでおじゃる。そろそろと思うが、皆、聞こえてるでおじゃるか？』

白狐の言葉に、琥珀たちのように遠隔地から報告を受ける稲荷たちの返事が聞こえてきた。

「はーい、聞こえてまーす」

こちらは、伽羅が返事をし、全員参加しているのを確認してから、白狐は続けた。

『まずは、先般の作戦において、皆には大変な思いをさせたでおじゃる。情報が少ないことを理解していながら、作戦を進めた我にすべての責任がある。申し訳なかった』

謝罪し、頭を下げる白狐に、琥珀は神妙な面持ちになる。隣を見ると、伽羅も同じような顔をしていた。

『特に、本宮外より協力をしてもらった月草殿や、琥珀殿には詫びのしようもない』

続いた言葉に、

『何をおっしゃいますか。此度の件、わらわの側も無関係ではございません。しかし、そちらほど調べが進んでおらぬゆえ、協力という形で参加をさせていただいたのです。決して白狐殿の責任ではございませぬ』

即座に返したのは月草だった。

月草の神族にも、祠から消えた者がいるのは確認されている。

これまで自然消滅だと思っていた者たちがそうでないとすれば、大問題なのだ。

「……私は、本宮の外の者ではありますが、これまでに幾度となく、白狐様の温情に助けられております。それゆえ、私で力となれることがあれば、この先も参じるつもりです」

琥珀も静かな声で返した。

『そう言ってもらえると、ありがたいでおじゃるが、我の失策であることは変わらぬ。……決して拭うことはできぬが、同じ轍は踏まぬつもりで、此度の解析を進めておじゃる。解析はまだ半ばではあるが、今の時点で分かったことを伝えようと思うでおじゃる』

白狐はそう言うと一度言葉を切り、解析結果と、そこから推測できることを伝え始めた。

まずは、どうやってかは不明であるものの、こちらの動きを向こうが摑んでいるということ。

それを利用され、気脈を囮に使われ、引っかかったことだ。

『あの気脈をこれ以上探ったところで、根城に行きつくことはなく、また別の場所にあると考えるのが妥当でおじゃる』

誰もが苦い思いでその言葉を聞いた。

完全に引っ掛けられた。

そして、ヘタをすれば何人もの命を失うところだった。

『また後方支援の隊に起きた異変でおじゃるが、四尾は琥珀殿を除いてまったく動くことができなかったと判明しておじゃる。五尾も似たようなもの。辛うじて這《は》って動ける程度と。六尾七尾は動けるが、術の力は半減、動きにも制限が、と。また月草殿のもとより来てくれた兵の一部にも同様のことが起きておじゃることから、祠より攫われた者が研究され、こちらの手の内を読んでいると推測するでおじゃる。……これまで祠より消えた稲荷はすべて五尾以下、そのことを考えても、合致するでおじゃる』

『おそらく、わらわのほうも調べが進めば同じかと思いまする』

五尾までの能力が無効化されたのであれば、あの伽羅の結界が半減したのも頷ける。

そして、琥珀が影響を受けなかったのは、琥珀が本宮系ではないからだ。

『五尾までの存在や術が研究されつくされているのであれば、そのあたりを利用してこちらの情報を得ている可能性があるでおじゃる。その件については今後さらに精査をしていくが、とにかく次は慎重にことを進めねばならぬし、次で決めねばならぬでおじゃる。そのために、既存術式に因らぬ新たな術の開発とその修練は必須になるでおじゃる』

白狐の言葉は重いものだった。

術式は基礎となるものがあり、それを発展させることで、新たなものを生み出してきた。

だが、その基礎から作るとなると、どれほどの時間がかかるか分からない。

——それでも、やらねばならぬのだろう。

それも、できる限り、急いで。

琥珀と伽羅は、この先を思って、気を引き締めた。

伽羅、魅惑のティータイム

CROSS NOVELS

1

三段のケーキスタンドには小ぶりのスイーツ、白いカップに注がれていく紅茶からは馥郁《ふくいく》とした香りが立ち上り、伽羅《きゃら》の嗅覚を魅了していく。

――ああ…、これがアフタヌーンティー……。

伽羅は胸のうちで嘆息した。

◇◆◇

本宮《ほんぐう》での療養中、伽羅はほとんどの時間を狐《きつね》の姿のままで寝て過ごし、回復に努めていた。そもそも食べずとも平気とはいえ、本宮の厨《くりや》の料理はとても美味しい。

そのため、日頃は伽羅は戻ってきた際に食事が必要かどうかを聞かれれば、必要、と答えていた。

しかし、今回は消化に使う力も回復に回したい勢いだったので、食事を断り、『気』の摂取だけにしていたのだ。

そんな伽羅を気遣って、稲荷たちは伽羅の部屋を訪ねてはこなかった。

様子伺いさえ遠慮してくれていたのだ。

しかし、そんなことをものともしない存在が、本宮にはいる。

――ん……暑い…。

妙な寝苦しさを感じ、伽羅は潜り込んでいた布団から顔を出す。部屋の中は明るく、まだ夕刻にもなっていないようだ。

「何時……」

時計を確認しようと頭を巡らした時、伽羅はその存在に気づいた。

金色の髪、ふくふくとした幼児の手、愛らしい寝顔。

無論、秋《あき》の波《は》である。

「暑いはずですよねー……」

子供体温とはよく言ったもので、冬、陽《はる》を寝かしつけているときでも布団がどんどん温まってきてその心地よさに一緒に寝落ちしそうになることもあるくらいだ。

同じ年頃の秋の波の体温も高く、今は初夏に近い季節。

布団を薄手のものにしてもらっているとはいえ、狐姿の自分と秋の波が布団にいれば中の温度が上がっても当然である。

――ていうか、いつ来たんでしょうねー?

襖戸が開いたことに気づかないというのは、布団に潜り込んで寝ていたので仕方がないこともあるが、真横に潜り込まれたのにも気づかないのは、いくら本宮内が安全とはいえ、己の危機管理的にどうかと思う。

――それだけ、まだまだ力が足りてないってことですよね……。

記憶はサッパリないが、どうやら死にかけたらしいのだ。

龍神《りゅうじん》の守護がなければ、術士の呪《じゅ》の直撃で消滅していただろう。

その後も、かなりヤバかったようだが、退避後すぐに龍神が保護してくれたおかげで助かったらしい。

――ていうか、龍神殿、守護なんていつの間に……？

記憶を巡らせたとき、秋の波が不意に寝返りを打ち、伽羅のほうへと体を向ける。そして何やら幸せそうにへにゃっと笑う。

どうやらいい夢を見ているらしい。

――本当に可愛いですねー。

陽も可愛いが、陽とはまた趣の違う愛らしさである。

どっちが可愛いか、などという「きのこ・たけのこ論争」にも似た話ではなく、「みんなちがって、みんないい」金子《かねこ》みすゞ的箱推し推奨の可愛さである。

――そこにシロちゃんを入れて……やっぱり本宮でアイドルユニットとして売り出す計画を本

気で考えたほうがいいかもしれませんね……。

すでに三人の動画は水晶玉で本宮に出回っている。

もともと出回っていた、秋の波のソロによる「モンスーン体操」動画があるのだが、表向きは『事務方の勤務中の運動不足解消のため』と称し、陽と秋の波、そしてシロの三人で改めてモンスーン体操の動画を撮ったのだ。

もちろん、有効活用されて、今でも休憩時間には水晶玉で動画を流し、一緒に体操をしている者たちが多い。

――夏向けにモンスーン音頭の動画も準備したら、喜ばれそうですよね……。

三人に浴衣《ゆかた》、もしくは甚平《じんべい》を着せて……などと妄想を膨らませていると、秋の波の瞼がぴくっと動いて、ぼんやりと目が開いた。

「……ん…」

「秋の波ちゃん、起きましたかー？」

声をかけると、秋の波は目を何度か瞬かせて、

「ちょっとだけ、めをとじてただけなのに、ねちゃってた」

そう言って笑う。

「お昼寝あるあるですよねー。俺も洗濯物干したあと、縁側でちょっと横になってたら寝落ちしてたことありますよー」

「ひとしごとしたあとって、きがゆるんで、そこにいいかんじのひざしがあると、すいまにおそわれるよなー」

秋の波はそう言ってから掛け布団をはいで、ちょこんと座った。

「きゃらどのが、げんきになったってきいて、かおみにきたんだ。そしたら、ねてたから、おきるまで、おれもよこでねころんでようっておもったら、ねちゃってた」

悪びれもせず説明する。

起きるまで待つのはいいとして、横で寝転ぶ、という形を取るあたり、ちょっとおかしいと思わねばならないわけだが、相手が秋の波だし可愛いので、伽羅は疑問にすら思わなかった。

「そうなんですねー」

「うん」

笑顔で頷かれて終了である。

「秋の波ちゃんがお見舞いに来てくれたから、思ったより早く元気になれそうです」

伽羅が言うと秋の波は照れたように笑って、

「もー、そーゆーとこだぞ！」

突っ込んでくる。

その様子も可愛くて、伽羅は癒やされる。

正直、可愛いは正義、という言葉を生み出した人は本当に素晴らしいなと思っていると、

「ずっとねてたら、たいくつになってくるときもあるんじゃないかなーっておもって、ほん、いろいろもってきたよ」

秋の波はそう言うと、枕元に置いていた本を手に取った。

絵本か何かを持ってきたのだろうかと思っていたのだが、秋の波が持ってきたのは、女性が好みそうな人界の情報誌だった。

「ははさまが、ときどきもってくるんだー。おでかけできるようになったら、どこにいくか、いっしょにみてる」

秋の波が以前のことを思い出す前は、玉響《たまゆら》は月草《つきくさ》と共に、よく人界に出かけていた。ただのショッピングの時もあれば、秋の波と陽も伴っての女子会などもあったのだが、出かける先については情報通の稲荷《いなり》なり、月草であれば浄吽《じょううん》なりがリサーチしているのだろうと思ったが、どうやら本人たちもリサーチとまではいかずとも、いろいろ見ているようだ。

「きゃらどの、きぶんよかったら、いっしょにみよ？」

一応、伽羅の様子を伺いつつ誘ってくる。

「見ましょう、見ましょう。秋の波ちゃんがページをめくってくれますか？　今の俺のこの手だと、ちょっとめくりづらいんで」

伽羅はそう言って自分の狐の手を布団の外に出した。

「わかったー。じゃあ、おれがめくるかかりするね」

秋の波はそう言うと、もう一度寝転んで雑誌を開く。

「このごうのとくしゅうは、こんびにすぃーつちょうじょうけっせん、だって」

「コンビニスイーツ、相変わらず豊富ですよねー」

「じんかいにんむのいなりが、ときどきかってきてくれるんだけど、きせつげんていとかだと、もういっかいたべたいってなっても、もううってなかったりして、ちょっとざんねん」

「あー、わかります。販売期間が短いの多いんですよねー」

集落にはコンビニがないので、伽羅自身はあまりコンビニスイーツを口にしたことがない。

ただ、一応情報はスマホなどで得られるし、なにより孝太《こうた》がコンビニスイーツの新作が出ると、少し離れたところにあるコンビニまで陽と一緒に買いに行っている。

そしてその日のおやつとして食べているのだが、その感想を伽羅にも伝えてくれるので、なんとなく一緒に食べた気分になるのだ。

「きゃらどのは、おかしもつくれるから、さいげんとかできそう」

「似たものなら何とかなるかもですけど、特別な素材を使ってるものは難しいですよー。シャインマスカットとか、集落じゃお目にかかりませんから」

伽羅が出したブドウの名前に、

「かわまでたべられるやつだよな？　おれ、いっかいだけたべたことある」

秋の波は確認してから、言った。

「玉響殿たちの女子会で、ですか？」

あの二人の女子会でなら出てもおかしくないだろうと思ったのだが、

「ううん。おそなえ」

その言葉に伽羅は、あー、と納得する。

人界でお供えがされると、その物質の気配をこちらではいただき、そこから再構築するのだ。

「びゃっこさまが、おいしいし、かわをはきださなくていいから、らくちんってよろこんでて、おれもおすそわけもらった。すごくあまくて、おいしかった」

「そうなんですねー。俺も機会があったら、とは思うんですけど、値段がなかなか……」

香坂《こうさか》家の生活費はすべて涼聖《りょうせい》持ちである。だからといって節約、倹約にうるさいわけではなく、必要なものなら買え、というスタンスだ。

いつもの買い出しの時にレジに並ぶのは基本的に伽羅だ。買う店が決まっているので、一ヶ月分を入金してあるプリペイド式カードから支払うのだが、涼聖は特にレシートを確認することもない。

渡している金額内でやりくりできているなら、特に問題ない、という認識でしかないのだ。

そんな涼聖なので、やりくりの範囲内ならおそらく、シャインマスカットを食べたいと誰かが言えば「高いな」とは言うだろうが「まあ一度くらいは経験するか」と買うと思う。

それが分かっているから、伽羅は言わない。

興味がないわけではないのだが、そういう「話題の品」的なものは、天下の回りものとしてやってくるのを待つ方式を採用することにしているのだ。

もっとも、陽が「たべてみたい」と言えば、あっさり買うだろうが、今のところ、陽の興味は別のもの——基本的にお菓子だ——がメインなので、当分、購入することはないだろう。

「おれも、おそなえとかじゃなかったら、とうぶんたべられなかったとおもう」

秋の波はそう言ってページをめくる。

「あ！　これすっごいおいしそう！」

めくったページの一番目立つところに配置されていたロールケーキを指さした。

ストロベリーとブルーベリー、そしてラズベリーの三種類のソースがかけられていて、ロールケーキの生クリームの白とソースの赤のコントラストが美しかった。

「本当ですね。ソースの甘さがどの程度かによりますけど、ラズベリーを入れるってことは酸味を取り入れる意味合いもあるかもしれませんから甘酸っぱいんでしょうかね」

「つかってるそざいから、そこまですいそくするんだ。なんか、ぷろっぽい」

秋の波は感心した。

「いえいえ、俺が甘酸っぱいソースが好きだから、そうだったらいいなーっていう希望的観測もあるんですよ。あ、こっちのシュークリームも気になりませんか？　硬めのシュー生地って書いてますよ」

「かためだったら、ちょっとくっきーきじっぽいのかな」

「そうかもしれませんね」

「おれ、くっきーきじだとさ、めろんぱんの、めろんのとこだけうってるの、あれ、すき」

「秋の波殿もでしたか。陽ちゃんとシロちゃんも、あれ大好きなんですよー」

「あれなら、むげんにたべられるきがする」

秋の波は真剣な顔で言い、伽羅はそれにただ笑顔を向けたが、多分、無限に、は無理だろうなと思う。

なぜなら、無限チャレンジに近いことに挑戦した者を知っているからだ。

それは、シロである。

『ひとりで、いちまいぜんぶをしょくしてみたいのです！』

と、大きな野望を口にした。

伽羅たちからすれば、ささやかな要望——値段的に——だったので、シロと陽に一枚ずつ買って渡したのだが、シロは半分弱でリタイアした。

『おいしいのです。おいしいのですが、むりです……』

というのが敗戦の弁だった。

もっとも、シロの「一人でチャレンジ」は過去にもいろいろあったので、そういう結果になるだろうなということは予測できていた。

だが、長く存在している分、陽よりも思慮分別が強く、滅多に口にすることのないシロの要望は、基本叶えるようにする、というのが大人組の方針である。

「なんか、こういうのみてたら、ほんぐうにもこんびにがあればいいのにっておもっちゃう」

「そうしたら、間違いなく白狐《びゃっこ》様が常連客ですよ」

「あー…、かんたんにそうぞうできちゃった。でも、そっきんどのたちが、びゃっこさまをさがすの、かんたんになりそう」

「先回りしてコンビニを張ってれば、すぐに確保できそうですよね」

わりと失礼なことを二人は笑って言い合う。

そして一冊目を見終え、次に秋の波が手に取った雑誌の特集は、

「これでかんぺき！　さいしんあふたぬーんてぃーとくしゅう」

だった。

「ああ、今、ヌン活、とかって話題ですよね」

「なんかさー、なんでもそうやってちぢめていうの、どうかとおもうんだよなー。さいしょ、おれ、ぬんちゃくときまちがえて、じんかいじょしのあいだで、ごしんじゅつがはやってんのかとおもっちゃった」

「まあ、強い女子、嫌いじゃないです」

伽羅が言うと、

「じゃあ、ははさまとかどう？　つよいよ」

秋の波はすぐに玉響を引き合いに出した。

「玉響殿クラスの強さになると、来世、よろしくお願いしますって感じですね」

「だよなー……」

納得、といった様子で言って、秋の波はページをめくる。

そこには「これぞアフタヌーンティー！」と言いたくなるような、三段のケーキスタンドと紅茶のセットの写真があった。

「わぁ……、こういうの、いいなぁ」

「ですよねー…っていうか、秋の波ちゃん、アフタヌーンティー、経験したことあるんじゃないですか？」

「あふたぬーんてぃーはないよ。すいーつびゅっふぇは、ははさまたちのじょしかいについてったときに、はるちゃんもいっしょに、にかいいったけど」

「ああ、あれはスイーツビュッフェでしたか」

陽からいろんなケーキやお菓子をたくさん食べた、という話を聞いていたのを、脳内で誤って認識していたようだ。

「うん。だから、こういう、さんだんのおさらのやつとかのは、いったことない。きゃらどのは、いったことある？」

「ありませんねー。手嶋《てしま》のおばあちゃんのサロンでのお茶会はしょっちゅうですけど、ケーキスタンドまでは」

「そうなんだ。てしまのおばあちゃんのおかしも、すごくおいしいんだろ？　はるちゃんのてがみに、ときどきかいてあって、いいなあってよむたびにおもう」

秋の波はそう言ってから、

「てしまのおばあちゃんは、きゃらどののせんせいだよな？」

確認するように聞いた。

「そうですよー。お菓子作りの先生です」

「きゃらどののおかしも、めちゃくちゃおいしいのに、そのせんせいのおかしって、どれだけおいしいんだろ……」

興味津々といった様子で呟く。

「手嶋のおばあちゃんのお菓子は、そうですね……言うなれば『細部に神が宿る』的な違いがある感じですね」

伽羅が言うと、おおー、と秋の波が感嘆の声を上げる。

手嶋のレシピで、手嶋の指導のもとで作っているのに、やはり、手嶋が一人で作ったものとは何かが違って、同じ味にはならないのだ。

その違いは、涼聖の作る卵焼きにも近いかもしれない。

「いちどたべてみたいなー。こんど、りょうせいさんちにいったときにさー、みみとしっぽ、だれかにかくしてもらったら、はるちゃんのともだちってことで、しゅうらくへいってもだいじょうぶだとおもう？」

「大丈夫だと思いますよ。俺と琥珀《こはく》殿が受け入れられてるわけですから」

「じゃあさ、そのとき、てしまのおばあちゃんのおかし、たべさせてもらいたいなぁ」

絶対にそう来るだろうと伽羅は流れから読んでいたので、

「手嶋のおばあちゃんに頼んでおきますよ。涼聖殿のお友達が集落に来た時も、三時のおやつを担当してくれましたから、お願いすれば作ってくれると思います」

そう返すと、秋の波は両手をぎゅっと握りしめた。

「やった！　じゃあ、そのときは、おねがい」

「分かりましたー」

軽く返しながら、秋の波が『外』に出かけようという気分になっていることに安堵する。

記憶を取り戻して以来、秋の波は気持ちが不安定で、心を許せる誰かが常にそばにいないと無理な時もあった。

まして、作戦の失敗の報を受け、さらに心を痛めただろうと思うのだが、たとえそれがつかの間であっても『外』での楽しいことに目を向けることができるのは、いいことだと伽羅は思う。

――その時は、手嶋のおばあちゃんに、ちょっとスペシャルな感じのものをお願いしましょうかねー。

きっと、陽の友達が来るのだと言えば、張り切ってくれるだろう。

秋の波は上機嫌な様子でページをめくる。

雑誌では、全国主要都市の様々なアフタヌーンティーが紹介されていた。

「わふうの、あふたぬーんてぃーとかもあるんだー」

「本当ですねー。雅びな感じがいいですね」

「でもやっぱり、さいしょは、のーまるなっていうか、ふつうのあふたぬーんてぃーから、たいけんしてみたいよなー。あ、きょうとのおみせもしょうかいがある」

「あ、これおいしそうですね……」

そのうちの一つを伽羅が狐の手で押さえると、

「ほんとだ、ごうか。ほてるのあふたぬーんてぃーだって」

表示されているホテルの名前は、一流と言っていい有名ホテルのものだった。

「お値段、そこそこするんでしょうねー」

雑誌には値段までは書かれていない。おそらく開催するフェアによって値段が変動するからだろう。

「秋の波ちゃん、文机の上に俺の携帯電話あると思うんで、取ってもらっていいですか？」

伽羅の言葉に秋の波は布団を抜け出し、部屋の片隅に寄せてある文机から伽羅の携帯電話を持ってきた。

作戦のために本宮へ来た時、伽羅は携帯電話を持ってきていた。涼聖から連絡があるとすれば伽羅の携帯電話宛てになるからだ。

とはいえ、作戦には持って行くことはせず客間に置いていったので、ここにあるのだ。

「秋の波ちゃん、ホテルの名前とアフタヌーンティーって入力して、値段調べてもらえますかー?」

伽羅が言うと秋の波は慣れた様子で検索し始める。

余談だが、陽も一通り携帯電話の操作ができる。なんなら、シロもできる。

龍神は携帯電話には触らないが、タブレットはモンスーンの配信を見るのにときどき使っているので、その作業だけはできる。

そして琥珀は、とりあえず、写真だけは撮れるようになった。押しすぎて連写になっていることが多いが、機械全般がダメな琥珀にしてはかなりの進歩である。

「えーっとねー、せいきのねだんだと、なななせんえんちょっとくらいで、よやくするさいとによってわりびきもあるみたい」

「七千円ですか……」

うーん、と少し伽羅は悩む。

気になる。

気になるが七千円と聞くと、やや怯む。

別に、お金がないわけではないのだ。

シゲルは毎月伽羅に、祠《ほこら》の管理料を支払ってくれている。伽羅自身がお金を使うことは、実はそう多くないので、そこそこ小金持ちなのである。

とはいえ、七千円。

軽率に即決できる金額ではなかった。

伽羅はしばらく考えてから、

「秋の波ちゃん、俺、今回、頑張ったって言っていいと思います？」

秋の波に質問した。秋の波は一瞬、急に何？　という顔をしたが、

「うん。ちょうがんばったとおもうよ。きゃらどのだけじゃなくて、みんな、ちょうがんばったとおもう」

真面目に返してきた。

「ご褒美に、このアフタヌーンティー、行ってもバチ当たんないですよね？」

その言葉で、とりあえず、なんらかの理由を付けて行きたい、というのだけは、秋の波にも伝わってきた。

「っていうかさー、いろうかい？　みたいなかんじで、いけばいいとおもう。もしくは、たいいんいわいっていうか、かいきいわいてきな？」

秋の波の言葉に伽羅は目を輝かせた。

「快気祝い！　その手がありましたね。じゃあ、帰る前の日くらいで予約取れたら……。あ、秋の波ちゃん一緒にどうですかー？」

流れで秋の波を誘うと、秋の波はぱあっと、笑顔になり、

「いきたい！」

と即答したが、すぐに、あっ、という顔をして、

「いくとしたら、いつになる？」

「んー、土曜の午後に向こうへ戻るつもりなので、前日の金曜あたりですかね」

伽羅が言うと、秋の波は少し考える顔になり、

「じゃあ、やめとく。かげともが、まだじゅつぶにいるから、やっぱさー、おれだけ、そとでたのしんでくんのって、きがとがめるっていうか」

と、断ってきた。

「影燈《かげとも》殿、術部にいらっしゃるんですか？」

「うん。けがれがおくまではいっちゃって、それぬくためだって。じゅふじんのなかにいるだけでいいっぽくて、おみまいとかも、まいにちいっていいから、あいにいってる」

「そうでしたか」

「らいしゅーの、げつようくらいにでてこられるっぽい」

「よかったですね。じゃあ、秋の波ちゃんにお土産買ってきますね」

それに、秋の波は笑顔で頷いて、

「じゃあ、ひとりでよやくしとく？」

「午後からの時間でお願いします」

ささっと、携帯電話を操作し、丁度空いていたところで予約をすませる。

「はい、よやくかんりょう」

秋の波はそう言って、携帯電話の画面を見せる。そこには日付と時間が記されていた。

「ありがとうございます」

「おみやげたのしみにしてるねー」

「もちろんですよ」

「じゃあ、つづきみよ！」

秋の波と伽羅は、再び雑誌に目を向け、めくるめく魅惑のアフタヌーンティーの世界にどはまりしたのだった。

2

鴨川沿《かもがわぞ》いにあるそのホテルは、重厚感がありながら、人を優しく迎え入れてくれる雰囲気があった。

エントランスの奥にあるドアを通り、そのまま先へ進むと、アフタヌーンティーを饗《きょう》してくれるダイニングである。

和と洋が上手く融合したモダンなダイニングのいくつかのテーブルでは、アフタヌーンティーを楽しんでいる客がいて、テラス席には宿泊者らしき客がゆったりとお茶を楽しんでいた。

席につくとメニューが二つ渡され、一つはこの日のケーキスタンドで提供される食事のメニューで、もう一つは飲み物のメニューだった。

「わ、紅茶だけでもこんなに……」

四ページあるメニューの半分が紅茶、残り半分にコーヒーやラテなど他の飲み物が掲載されている。

飲み物は二種類選ぶらしい。最初に提供されるもの、そして途中で提供されるもの、さらには最後にその二種類の中から一つをおかわりで提供してくれるらしい。

——じゃあ、最初は紅茶で……でも、飲んだことのないものばっかりで、どれを選べばいいんでしょうねー……。

そう思った時に、伽羅の脳裏に浮かんだのは手嶋だった。

――手嶋のおばあちゃんを誘ったら、すごく喜んでくれそうなんですよねー……。

紅茶が好きな手嶋なら、楽しい時間を過ごせるに違いないと思う。

ご主人が生きていた頃はよく旅行に出かけたと言っていたので、外出が億劫《おっくう》なタイプではないだろう。

――でもさすがに京都《きょうと》は遠いですかね。『場』が使えたら、すぐなんですけど……。

そんなことを考えながら、何とか二種類決める。

最初にホテルのオリジナルブレンドのダージリンを、そして二つ目にエスプレッソである。

飲み物が決まったのを察したのか、スタッフがやってきてオーダーを聞いてくれる。

こうして、伽羅の初アフタヌーンティーは始まった。


まず最初はセイボリーで、サンドイッチやパイなどでも甘くない軽食が提供された。それらの具材が、やはり一流ホテルだけあり、豪華だ。

生ハム、鰻《うなぎ》、京鴨、キャビア……と普段、なかなか食卓には上がらないものが使われている。

セイボリーのあとはスコーンが二種類。

クロテッドクリームに、ジャムは小さな瓶《びん》一つがそのまま提供される。

ジャムは使わずに持ち帰ろうかとも思ったのだが、スコーンに使いたい欲求に抗えず、結局封を切り、おいしくいただいた。

そして、三皿目がケーキなどスイーツが四種類である。

モンブランにムースケーキ、チーズケーキ、チョコレートケーキと、サイズはどれも頑張れば一口で食べてしまえそうなものばかりなのだが、しつこくないのに濃厚な味で、充分満足できてしまえる。

さらには最後に、マカロンとチョコレートが出た。

予約する前は値段に怯んだ伽羅だったが、実際に体験してみると納得できる値段とサービスである。

――秋の波ちゃん、一緒に来られたらよかったんですけどねー。

おかわりに選んだ、二杯目のエスプレッソを飲みながら、伽羅は思う。

――まあ、機会はこれからいくらでもあるでしょうし……。お土産を奮発しちゃいましょうかね。

そう決めて、優雅なひと時を堪能したのだった。

◇◆◇

こうしてアフタヌーンティーを楽しんだ伽羅だが、自分が楽しんだだけでは終わらせないのも彼である。

翌日の土曜、予定通りに香坂家に戻った伽羅は次の日の日曜の買い出しに同行し、いろいろな食材を購入してきた。

まだ本調子ではない可能性――実際に本調子でなければ、帰ってきていないわけだが便宜上――を考慮して、今週いっぱいは朝凪《あさなぎ》と夕凪《ゆうなぎ》に滞在してもらっている。

その間に一人ではなかなか行き届かない場所の掃除や、こまごましたものの整理などを手伝ってもらいつつ、二人の相談に乗ったりもした。

本宮勤めの稲荷には相談しづらいことも、多少あったりもするのだが、かといって、本宮の外での任務に就いている稲荷に相談しても、まず前提となる人間関係…もとい、稲荷関係の説明や、業務の流れなどから説明しなくてはならない。

その場合、的外れとまではいかないが、腑《ふ》に落ちない答えしか得られず、消化不良になることも多いのだ。

対して、伽羅は勧請稲荷《かんじょういなり》としてここに来ているので本宮外任務であるものの、何かと本宮に帰ってきているし、本宮のことに詳しい。

前情報を入れずともいいので、二人にとっては非常に楽だった。

そして、見習いの時には部屋係をしていたこともあって、二人の業務にも詳しい。

よって、相談するには丁度の稲荷神なのである。

「うーん、あの方は気難しいですからね。悪い方ではないんですけれど、やり方にこだわりがある方なので……」

「ですが、お客様の要望に、規則ですので、という言葉だけでお断りするのも、と」

「規則ですので、とお断りを入れることで引き下がってくださる方なら、それでいいと思うんですよー。それでもなんとか、とおっしゃる場合や、仕方ないと思いつつも困ってらっしゃる場合などは、部屋係の一存で対応してしまっていいと思いますけどねー」

「はい」

「ただ、やっぱり一定の線引きは必要になります。部屋係はあくまでも快適に過ごしてもらうためのサポートであって、下僕ではないということを覚えていてください。道理を曲げて無理を通すような方は今はほとんどいらっしゃらないとは思いますが……、そうですね、おまえたちから見て、それは本当に正当であるか、お客様のためであるかを考えればいいと思いますよ」

多少横暴な者も伽羅の見習い時代はいた。

特に伽羅は見習いの中でも一番幼かったので、その見目のせいで軽んじられ、悔しい思いをしたこともある。

伽羅の言葉を神妙な顔をして聞いている二人だが、まだ不安げだった。

何しろ、基準の構築は自分でしなければならないし、その基準の構築をするには数をこなさなければならない。

「ぶっちゃけ、規則外のことを言われた時『うわ、めんどくさ』って思うような内容と相手なら、規則なので申し訳ございません、って言っちゃえばいいんじゃないですかー?」

伽羅は最終的に、己の奥義を披露する。

「……いいのでしょうか、そんな、好き嫌いのようなこと…」

朝凪が戸惑ったように問い、

「不敬に当たるのではと思うのですが……」

夕凪も似た様子で言った。

「部屋係としてなさねばならぬことを放棄しろと言ってるわけじゃないですよ。あくまでも規則外のことを言われた時には、それを判断基準にしてもいいってことです。っていうか、こっちにそのつもりがなくても、自然とそうなっちゃうことってあるんですよ」

伽羅が返すと二人は顔を見合わせた。

言っている意味が分からない、という様子だ。

そんな二人に、伽羅は指を一本立てた。

「例えば陽ちゃんです」

「『陽殿』」

「そうです。陽ちゃんにお菓子をあげたとします。そうですね、ドーナツです。人数分しかありません」

二人は頷いた。

「陽ちゃんは、おいしそうにペロッと食べてしまいました。そして『すっごくおいしかったから、あっというまにたべちゃった！　おかわりあるの？』と純粋に聞いてきます。そのとき、自分の手元には、まだ一口しか食べていないドーナツが。さあ、どうします？」

「……半分、あげます」

夕凪が答えると朝凪も頷く。

「ですよねー。陽ちゃんのおいしそうな顔、プライスレスですよねー。でも、これが、あんまり親しくない稲荷だったらどうです？　特に嫌いっていうんじゃなくても、まあ、挨拶《あいさつ》程度かなって感じの相手に、おかわりある？　って聞かれたら」

「ありませんって言います」

朝凪が答える。夕凪も同意のようだ。

「そうなるでしょう？　自然に、そう感じてしまうものなんですよ。あくまでも規則外のことを頼まれて『うわ』って思ったら、それは自分がいろんな意味で無理だと感じてるってことなのだと思うので、断って大丈夫です」

伽羅が言うと二人はまだ半信半疑という顔をしていたが、

「もちろん、すべての部屋係にこれを指針にしろって言うつもりはないですよー。あくまでも、おまえたち二人と接してきて、二人ならこれを基準にしても大丈夫だと思うから言うだけで」

そう付け足す。

「私たちなら、ですか」

「そうです。頑張りすぎるきらいがありますからね。頑張りすぎてしまうおまえたちは、そういう線引きくらいでいいんですよ。むしろそれでも、頑張りすぎるところがあるかもしれません」

伽羅の言葉に、二人は驚いた顔をした。

「『頑張りすぎる、ですか？』」

「ええ、そうですよ。それが分かってて、部屋係のおまえたちに、ここに来るように頼んだ俺も、まあ大概酷いわけですけど」

伽羅は、実は後日、反省していた。

あの時は治癒院《ちゆいん》を出たばかりで、回復したといっても体力が落ちていたし、今思えばまともに考えることもできてはいなかった気がする。

その中で『誰があの家を回すの？』という疑問を抱いた瞬間、ネガティブなことしか頭に浮かばず、そのタイミングでやってきた彼らに振ってしまったのだ。

もちろん、涼聖たちと面識のある二人なら大丈夫だと思ったし、部屋係は一通りの家事スキルがあるというのも決め手ではあった。

だが、完全に二人の意思を無視というか、断れない状況で言ってしまったなと思ったのだ。

「いえ、貴重な体験をさせていただきました」

「本宮では人と触れ合う機会はありませんので……」

二人はそう言うが、この家で人は涼聖だけだ。

そしてその涼聖も、すっかり神様慣れしてしまっていて、普通の『人』とは言い難いレベルである。

庭先をイエティが歩いてても、スルーして、あとになってから、

『なあ、さっき、なんかイエティみたいなの庭を横切ってったけど、おまえらの知り合い？』

とか聞いてきそうな気がする。

まあ、そういう涼聖だから、二人を送っても大丈夫だろうと思ったわけだが。

「そう言ってもらえると、ほっとしますけれどねー。まあ、本当に助かりました。ありがとうございます」

伽羅は改めて礼を言う。

二人はそれにどうしていいか分からないような顔をした。

「あと数日、お願いしますねー」

付け足した伽羅の言葉に、二人は頷いた。

その日、伽羅は買い出しで購入してきた食材を朝からあれこれ取り出し、台所を占拠していた。

今日は金曜。涼聖たちは診療所である。

朝凪と夕凪の二人には洗濯と掃除を任せ、終われば休憩してくれていいと伝えたが、頼んだことが終わったあとは庭に出て、草むしりをしたり、庭木の手入れをしたり、働いている。

——働き者ですねぇ……。

二人の様子を窺いながら、伽羅は料理を続ける。

今日の夕食と、その合間に自分たちの昼食の準備をして、あとはもう一つの自分の計画のための準備である。

むしろ、その「もう一つの計画」が今日のメインだ。

そのために、こっそり昨日から徐々に準備を始めていた。

やがて昼食の時間がきて、簡単にすませる。分量も、気持ち少なめだ。

もっとも、『気』で満足できる体なので、多少少なくとも問題はないし、普段の昼食は残りものの処理を兼ねていたりもするので、残りものが少なければ量も変動するため、疑問には思われなかった。

昼食後も伽羅は台所に籠《こ》もり、そして三時。

おやつの時間がきて、伽羅は、さすがに今日することがなくなって、客間に戻って本——伽羅

が二人に貸した推理小説だ——を読んでいた二人に、

「おやつにしましょうかー。居間に来てくださいねー」

と声をかけ、先に居間に戻る。

ややして、居間に現れた二人は、ちゃぶ台の上を見て驚いた。

「「え…、これは……」」

二人が驚くのも仕方がない。

ちゃぶ台には、白いレースのクロス——月草と玉響の女子会で使用した——が敷かれ、その上には背の高いグラスを柱に、バランスよく積まれた三段のプレート。

その一段一段に、それぞれ、違う菓子類が載せられていた。

さらには、ティーセットが、香坂家にはなかったものだ。

「明日、二人とも本宮に帰るでしょう？　明日は明日でちょっと凝った料理で送り出し会をする予定ですけど、これは俺の個人的な感謝の気持ちです」

ホテルでアフタヌーンティーを体験した時、いつか家でもできたらなと思っていた。

それでいろいろと検索をしていたら、ケーキスタンドをワイングラスでセッティングしている人がいたのだ。

帰ってきて、二人に任せていた家の中を一通り見たが、思った以上に働いてくれていた。

指南書に書いたとおりにしただけだと二人は言っていたが、伽羅は、七割から八割やってくれていれば、という思いでいたので、二人の仕事っぷりは想像以上だった。

それで、何かできないかと思いついたのが、アフタヌーンティー風のおやつだった。

そのために、昼食の量を加減したのである。

さ、座って、と伽羅は続ける。よく見ればちゃぶ台の上にはシロがいて、

「こうちゃは、このさんしゅるいから、えらべます」

紅茶缶を指さし、教えてくれる。

どうやら給仕的なイメージでいるらしい。

「朝凪、紅茶は別のものを選ぼう」

「そうだな。一口、飲ませてくれ」

味の違いを知りたいがため、二人は言う。

「じゃあ、俺は二人が選ばなかったものにしますよー。シェアしましょう」

伽羅もそこに一枚かんだ。

お茶が決まると、伽羅はすぐに台所に消える。

そして、二つのティーポットと、それから急須《きゅうす》——伽羅の紅茶が入っている——にお茶を入れて戻ってきた。

「このカップ、初めて見ます。その、洋風の急須も」

朝凪が言うと、夕凪も頷く。

「ああ、これは集落のおばあちゃんから借りてきたんですよー。俺、昨日の午後から出かけてたじゃないですか。そのときに」

昨日、伽羅は昼から手嶋のところに行っていた。

今日のアフタヌーンティーのためのお菓子作りと、ティーカップを借りるためである。

お菓子を作りながら、体験してきたアフタヌーンティーの話をすると、

「あらぁ、いいわねぇ。私も、一度は行ってみたかったんだけれど、昔はやってるところもなかなかなくてねぇ」

と言っていた。

手嶋が気軽に旅行に出かけていた頃は、提供している店も少なく、また、今のようにネットが発達していた頃でもないので、情報を得る手段がなかった。

そして、今となっては、なかなか遠出も億劫で、ということらしい。

「マダム手嶋のお茶会も、まったく引けを取らないと思いますよー」

伽羅が言うと、

「もう、伽羅さんは上手なんだから」

と軽く笑って返してきたが、実際、お菓子教室のあとで開催されるお茶会はなかなかのものだと思う。

伽羅が教えてもらうお菓子とは別に、手嶋がお茶会用に準備しておいてくれる菓子もあるので、

充実度はかなり高い。

それに、紅茶の種類も豊富だし、ティーカップもいろいろと選べるので、本当に「サロン」という感じなのだ。

「そうだ、今度、本格的なアフタヌーンティーを手嶋サロンでやってみませんか？」

伽羅が提案すると、手嶋は、あら素敵、と乗ってきた。

そして流れで、開催するアフタヌーンティーのために、さすがに京都は遠いが、アフタヌーンティーを提供しているところは、おそらく近場でもあるはずだから、一緒に行こう、というところまで話を詰めてきたのだった。

「それで、昨日は外出されていたんですね」

「そうですよー。あ、もうそろそろいいですね」

伽羅はそう言って順番に紅茶を注いでいき、

「本当は一番下のものから取るのがアフタヌーンティーのマナーらしいんですけど、今日は取りやすいように逆に置いてるんで、一番上から取りますねー」

グラスと皿で作ったケーキスタンドもどきの、一番上の皿を取り、二人の間に置く。

セイボリーは小ぶりのサンドイッチと、鶏肉を使ったパイだ。

「「いただきます」」

二人は行儀よく手を合わせ、朝凪はパイを、夕凪はサンドイッチを口に運ぶ。そして、

「「おいしい……」」

やはり同時に呟いた。

「サクサクして、鶏肉が甘辛くて…」

「きゅうりと…バター？　シンプルなのにすごくおいしいです」

それぞれ食べたものの感想を口にする。

「好評のようで何よりですよ」

伽羅はそう言って、別に用意していた、自分とシロの分を載せた皿から、口に運ぶ。

そこから、ゆったりとしたアフタヌーンティータイムは優雅に進行していったのだった。

3

「「では、下がらせていただきます」」

今日も今日とて、双子は陽の寝かしつけを終えると、客間へと下がった。

伽羅も琥珀の髪を乾かし終え、その後はいつもすぐに自分の家に戻るのだが、今日は再び台所へと向かった。

そして冷蔵庫を開けると、夕食の準備をしながらあとは仕上げるだけだった、おつまみのセットを取り出し、最後の調理をすると、皿に盛りつけた。

「……まあ、こんなもんでしょうかね」

呟いて、つまみと、本宮から取り寄せた五合瓶の日本酒をトレイに載せ、居間へと向かった。

トレイをちゃぶ台の上に置き、その脇に「龍神殿」と表書きした手紙を添える。

そう、これは、伽羅からの礼だ。

伽羅は、龍神から守りの加護を与えられたことにはまったく気づいていなかった。

――唯一身に覚えっていうか、予想できるのはあのハグの時でしょうけど……。

サバ折りに近いハグに気を取られていたというのもあるが、気づかせずに加護を与える、というのはかなりの高等手段だ。

おそらくは、伽羅のプライドを考えてのことだろう。

腐《くさ》っても七尾。それなりに高位の稲荷だ。

多少のモノは敵ではない。

そんな伽羅に守護など、本来は必要ないし、面と向かって言われたら断っていた。

——龍神殿、何か感じてたんでしょうかね……?

そうは思うが、そのことも含めて、龍神とはまだちゃんと話せてはいない。

帰ってきて少しした頃、「おお、帰ってきたのか」と金魚鉢の中から言ってきたので、戻ってきました、と挨拶だけしたが、龍神はすぐにまた寝てしまったのだ。

そのあとも、龍神はいつも通り日中は寝ていて起きてこないので、礼を言う機会もなかった。

とはいえ、夜中には起きて活動しているのは、地味に減っている日本酒の量で分かっていたので、伽羅なりに謝意を伝えることにしたのだ。

「夜中に起きたら、つまんでください」

金魚鉢の中の龍神にそっと声をかけると、伽羅はそのまま術で自分の家へと戻っていった。

◇◆◇

土曜の診療所は午前中の診療で終わり、午後からは往診である。

その往診も、最近は遅くとも三時過ぎには終わる——冬と違い、調子のいい患者が多いことと、単純に雪道を走るわけではないので、移動時間も短いからだ——ので、三人が帰ってくるのは三時半過ぎだ。

いつもはその時間からおやつなのだが、今日は違う。

「きゃらさん、シロちゃん、ただいま！　なにかおてつだいある？」

帰ってくるなり、玄関に迎えに出た伽羅とシロに、陽は問う。

「お帰りなさい、陽ちゃん。じゃあ、お運びのお手伝いお願いできますかー？」

伽羅が言うと陽は笑顔で頷いて、

「わかった！　じゃあ、おへやにかばんおいたら、おだいどころにいくね」

そう返すとシロを肩に乗せて部屋へと急ぐ。

「俺もなんか手伝うことあるか？」

涼聖も手伝いを申し出ると、

「あー、じゃあ、バーベキューコンロで、串焼き作り始めてもらえますか？　冷蔵庫の中のバットに並べてあるんで、それ持って行って」

伽羅は即座に指示を出す。

「ＯＫ、荷物置いてくる」

という涼聖に続いて琥珀が口を開こうとしたが、

「あ、琥珀殿は朝凪殿と夕凪殿の部屋に行って、準備が整うまでちょっとおしゃべりしててください。二人の送る会だって言ってるのに、手伝いたがって仕方なくて。足止めお願いします」

琥珀が何か言う前に、伽羅は役目を告げる。

「承知した」

琥珀は微笑んで言うと、客間へと向かった。

伽羅の言葉通り、今日は朝凪と夕凪の「送る会」だ。

それが終わると、二人は本宮へと戻る。

世話になったので、最後はパーティーで楽しく送り出そう、ということになったのである。

この時季、香坂家でパーティーといえば、庭でのバーベキュー及び伽羅のピザだ。

ピザ釜ができて以降、雪が消えてから梅雨《つゆ》までの間に、一、二度は行われてきたのだが、今年は園部《そのべ》のことで陽が気落ちしていたのと、自分たちも野狐《やこ》の件で忙しくしていたので、機会がなかった。

そのため、今年はこれが初めてなのである。

十五分もしないうちに、庭からバーベキューのいい匂いが漂い始め、伽羅も最初から出しておく軽食の類いが仕上がったので、それを運んでから客間の三人に声をかけた。

こうして、庭に全員が揃い乾杯の音頭のために飲み物を注ぎ始めた頃、

「ああ、よい頃合いだな」

金魚鉢で寝倒していた龍神が、しれっと出てきて合流する。

「飲み食いの気配だけ察知して出てきやがって」

笑いながら涼聖は言うが、金魚鉢の外に出てきた龍神との対面に双子は一気に緊張した。

だが、固まっている二人にはかまわず、龍神は空いているコップにビールを注いで自分の分をしっかり確保する。

「りゅうじんさま、ボクとシロちゃんにもオレンジジュースください」

陽が気軽に頼む。

「うむ」

龍神も言われるがまま、陽のグラスと、シロの小さなグラスにオレンジジュースを注いでやってから、双子に視線を向けた。

「おまえたちは酒か？　ジュースか？」

陽とシロは長く龍神と一緒に暮らしているので、ある程度気安くても驚きはしないが、まさか自分たちにまで給仕をしてくれるとは思っていなかった二人は、完全に固まった。

その様子に、

「二人とも、いかがした？　龍神殿と会うのは初めてではなかったと思うが？」

琥珀が問う。二人はコクコクと頷いた。

前回、琥珀を本宮に来るように説得してこいと白狐に送り出された際、龍神とは会っている。

だが、

「今回、来てからは、その……、このお姿でお会いするのは初めてで」

夕凪が緊張しつつ言う。

「む？　そうだったか？」

龍神は金魚鉢の中から二人が働いているところをよく見ていたので、すっかりもう挨拶を終えた気になっていたのだが、言われてみればここしばらく人の姿は取っていなかった。

二人が来る前は涼聖がほぼ一人で家事をこなしていたので、見るに見かねるような状況になれば金魚鉢から出て、手伝ってやったほうがいいのだろうとは思っていた。

つまるところ、見かねるような状況になるまでは放置でいいだろうと、様子見をしていたところ、双子がやってきたので、これ幸いと金魚鉢にいたのだ。

何しろ金魚鉢の水替えは陽の仕事で、陽は毎日水替えをしてくれていたので、龍神的には特に問題がなかった。

まあ、夜中に起きて酒を飲むときに、つまみがない、というぐらいの不便さはあったが、さほど問題はなかった。

「お久しぶりです、朝凪です」

「夕凪です」

双子はぺこりと頭を下げる。

「最終日にお久しぶりの挨拶とかー」

伽羅も笑いながら言う。

「まあ、些末《さまつ》なことよ」

龍神はそう言って、やや間を置くと、一度手を握り、そして開く。そこにはビー玉くらいの小さな水晶のような球があった。

「働き者の二人に、褒美だ」

そう言って、二人のほうへとその手を差し出す。

だが、二人は差し出されたものを見て息を呑んだきり、身動きできずにいた。

陽は少し背伸びをして、龍神の手にあるそれを見ると、

「キラキラしてる」

と見たままを述べる。

「綺麗《きれい》なものだろう?」

「うん！　すごくきれい」

「きれいです」

陽とシロは頷き合う。だが、朝凪と夕凪は固まったままで、それを壊すかのように、

「あー、龍玉《りゅうぎょく》じゃないですかー。大盤振る舞いー」

伽羅が言う。

「りゅうぎょく？　なに？」

陽が首を傾げる。

「おそらく、『りゅう』の『たま』とかくものだとおもうのですが…なにかすごいものらしいということだけしか、われもしりません」

そこそこ長い座敷童子《ざしきわらし》生活でも、実物を見たことはなく、そして『なんか、すごいもの』ということしか分からないシロである。

「二人とも、こんなチャンスないですから、もらっときなさい」

伽羅はそう言って龍神の手から玉二つをつまみあげると、朝凪と夕凪に強引に渡す。

「「あ、ありがとうございます……！」」

二人は慌てて頭を下げた。

「さほどのものでもない。まあ、ちょっとした加護程度だ」

龍神はそう言ってから、

「で、何を飲む。ジュースか、酒か」

ぶれずに聞いた。

「「ジュースでお願いします」」

朝凪と夕凪の返事に、龍神はグラスに陽と同じオレンジジュースを注いで渡す。

「龍神殿、俺と、琥珀殿と涼聖殿にビールお願いします」

「流れでこき使いおって」

「そのあと、ピザが焼けたらまた、ピザカットもお願いします」

「うむ、必ず等分に切ってやろう」

相変わらずピザカット奉行な龍神である。

飲み物が全員にいきわたったところで、

「ではでは、朝凪殿と夕凪殿の、今日までの頑張りへの感謝を込めまして、バーベキュー&ピザの会を行いたいと思いまーす。かんぱーい」

伽羅がサクッと音頭を取って、会が始まる。

「そろそろ串、行けるぞー」

バーベキュー担当の涼聖が声をかけると、すぐさま陽は朝凪と夕凪を見た。

「あさなぎさん、ゆうなぎさん、とりにいこ！」

今日の主役は二人だということがちゃんと分かっている陽は、二人がまず最初に食べねばならないことも把握しているので、きっちり誘う。

「ピザもそろそろ焼けますよー」

伽羅の声に、陽は、どっちから先に行こうかと、キョロキョロする。それを見ていた琥珀が、

「陽、先に串を取ってくるといい。夕凪殿、私とピザを取りに行かぬか？」

さりげなく二手に分かれることを提案する。

「じゃあ、こはくさま、ボクとシロちゃんのぶんのピザも、とってきてください。ボク、こはくさまのぶんももらってくるね！」

琥珀の意図を汲み、陽はそう言うと、朝凪と一緒に涼聖のもとに向かう。

そして夕凪は琥珀とともにピザを取りに向かった。


串焼きは塩コショウ味のシンプルなものに、カレー味、バーベキューソース味と三種類のものが人数分あった。

好評のうちに売り切れたあとは、コンロから網を外し、代わりに鉄板に載せ換えての、焼きそばである。

引き続き、涼聖の担当だ。

伽羅は絶好調でピザ職人に転生し、パイ生地を投げて伸ばすパフォーマンスを行って、リクエストに応じてトッピングしたものを焼いている。

「伽羅、あとで我の夜食も焼いておいてくれ」

今日も焼きあがるたび、鮮やかなピザカットを披露してきた龍神が、新たなピースを取りに来たついでに、伽羅に言う。

「いいですよー。何枚焼きます？」

「小さめのものでよいが、一枚はマルゲリータ、もう一枚は先ほどのもので頼みたい」

「ミートソースのやつですね。分かりました」

伽羅は簡単に了承してから、

「龍神殿、今回は、ありがとうございました」

二人だけになった機会に礼を言う。

それに龍神は、

「礼なら、昨日受け取った」

と短く返す。

確かに、昨夜、酒に添えた手紙にもきちんと礼は書いた。

それでも、ちゃんと自分の口から礼を伝えねばと思ったのだ。

「いつ、俺に守護なんて授けてくれてたんですか？」

聞いた伽羅に、

「いつだと思う？」

龍神は質問返ししてくる。

「んー…、本宮に出発する前の、サバ折りの時ですかね？　痛さで動揺してた隙に」

「ハグと言え」

龍神は即座に突っ込んだが、違うとは言わなかったので、やはりその時だったのだろう。

「……龍神殿、何か予感的なのあったんですか？　俺が、今回ヤバいことになる的な」

あまりにタイミングがよすぎる気がした。だが、

「いや、たまたまだ」

龍神はすぐに否定して、ニヤリと笑って続けた。

「おまえの料理はうまいからな。何かあれば食えぬようになる。そのための保険だ」

「うわー、龍神殿の胃袋がっちりキャッチしてたー」

おどけて伽羅も返したが、本音は別のところにあるのも分かっていた。

「……陽にとって、秋から起きた出来事は、あまりに大きなものだっただろう。琥珀が倒れ、長い療養を経て戻ってすぐ、集落で老女が亡くなった」

「ああ、園部のおばあちゃん……」

園部の死期を悟ってからの陽の落ち込みは酷かった。

今も、立ち直ったとは言えないのかもしれない。

いや、立ち直るとか、乗り越えるとか、そういう類いのことではないのだ。

思い返せばいつまでも泣きたくなるような気持ちになる。

その思いはおそらく消えることはないのだ。

ただ、積み重ねられる時間の中で、様々なことを経験し、徐々に優しい記憶が痛みをマスキングしてくれるようになるだけで。

「いくら柔軟な心を持つ子とはいえ、ことが続きすぎれば、飲みこめぬ。……おまえは必ず琥珀を守る。ゆえに、おまえに守護を授けた。……あの状況で琥珀にハグもできぬしな」

「涼聖殿、龍神殿にも容赦ないですからね。間違いなくグーパンです」

「確かにな」

龍神は笑って返してから、

「まあ、よく戻った」

労《ねぎら》うように続け、

「我のためにこれからも思う存分、料理を作れ。むしろ、おまえ、我の眷属になるか？」

とんだ提案をしてくる。

「完全にご飯目当て！　酷い！　俺、これでも九尾候補のデキる稲荷なんですよー」

「いいではないか。我のほうが長命だ。別に稲荷をやめろとは言わぬ。兼業すればよい」

「兼業稲荷とか、新しい概念ぶち込むのやめてください」

できるかどうかは別として、無茶ぶりにも似たことを言ってくる龍神から、これ以上は今回の件についてのことは話さないという意思を感じ取り、伽羅も笑いながら言い返す。

その時、

「きゃらさん、りゅうじんさま、やきそばできたからもってきたよー」

「できたてです」

陽とシロが、伽羅と龍神の分の焼きそばの載った皿を、両手に持ってやってきた。

「わー、ありがとうございます、陽ちゃん、シロちゃん」

「どういたしまして。あのね、きゃらさん、あとで、パイナップルとおにくののったピザやいてほしいの」

「いいですよー。まだまだ焼きますからね」

伽羅の返事に陽は、やった、と小さく跳ねてから、自分たちの焼きそばを取りに、また涼聖のもとへと戻っていく。

朝凪と夕凪も簡易テーブルで琥珀たちと一緒に楽しんでいるようだ。

その光景を見ながら、伽羅は香坂家に戻ってきた実感を得ていた。

◇◆◇

「じゃあ、白狐様《びゃっこ》たちにもよろしく伝えてくださいねー」

朝凪と夕凪を送る会は、準備した食材と飲み物、様々な話題が尽きた頃合いでお開きになった。時間的にも七時半過ぎ、と、日が長いこの時季とはいえ、もうすっかり夜で、庭にはランタンがいくつも灯されている。

それはそれで風情ある光景だが、これ以上続けては冗長になるだろう。

「「はい。しかと。お土産も、ありがとうございます」」

場の前にいる朝凪と夕凪の手には、土産のピザがあった。

伽羅のピザが、白狐の分、秋の波の分、それから黒曜《こくよう》の分と、接待部の上役稲荷への付け届け分、それから朝凪と夕凪の夜食または明日の朝食用である。

二人を長い間、出張させていたのだから、その程度のことはしておかねばという伽羅の根回し
……いや、気遣いである。

「あさなぎさん、ゆうなぎさん」

その中、陽が一歩進み出る。

「あのね、おうちのこと、たくさんしてくれて、あと、いっぱいいっしょにあそんでくれて、ありがとう。シロちゃんと、おてがみかいたの。かえったら、よんで」

そう言って、まだまだ不揃いな大きさの字で「あさなぎさん、ゆうなぎさんへ」と書かれた封筒を差し出す。

朝凪はそれを受け取り、

「ありがとうございます。こちらこそ、お二人と過ごせて、私たちも楽しかったです」

笑顔で陽に返す。

それにえへへ、と陽とシロは照れたように笑う。

「本当に世話になったな」

涼聖が言い、琥珀も頷く。

「じゃあ、そろそろ場を開きますよー」

帰るタイミングを見計らい、伽羅が声をかけ、場を開く。

地面に文様が光って浮かび上がる。

「「では、失礼いたします」」

双子はそう言って軽く頭を下げる。

「バイバイ、またきてね！」

「おまちしております」

陽とシロが言うのに、双子が微笑むと、文様から放たれる光が強くなり、そして瞬く間に消えると、二人の姿もなくなっていた。

「かえっちゃった……」

陽が呟く。

「帰っちゃいましたねー」

伽羅はそう言ってから、

「でも、会いたくなったら、いつでも会えますよ。場を使えばすぐですから」

と続ける。それに陽とシロは頷いた。

そう、「場」を使えばすぐなのだ。

それゆえに、伽羅は何かと本宮に呼び出されるわけだが。

「さ、後片づけ頑張るか。大物は明日、朝から洗うことにして、食器とかの小物、台所に運ぼうぜ」

涼聖が音頭を取って片づけを始める。

「ボク、おさらはこぶ！」

率先して陽が続き、それを合図に手分けしての撤収作業が始まったのだった。

4

「……とのことで、伽羅殿は日常生活には問題がないようです。あちらでの詳しいことなど、お気にかかる点がございましたら、二人より出される報告書をもとに、後日お答えできるかと思いますので、何なりとお申し付けください」

その夜、接待部のまとめ役の稲荷が報告に来た。

「いやいや、無事戻ったのであればかまわぬ。長らくの任務、ご苦労だったと伝えておじゃれ。下がってよいでおじゃる」

「ありがとうございます。しかと二人には伝えます」

では、失礼します、と退出していくまとめ役を見送る白狐はニッコニコだった。

香坂家に向かっていた接待部の稲荷二人が戻ったとの報告に来てくれたのだが、その際に伽羅からだというピザを持ってきてくれたからだ。

——分かっておるなあ……。

箱にしまわれたままでも、漂ってくるチーズの香り。

何とも魅惑的である。

——これがあるのならば、今夜は多少、遅くまで仕事を頑張ってもよいでおじゃるな。

むしろ『遅くまで頑張ったご褒美』として食べる名目ができる。

——うむ、頑張るでおじゃる。

白狐がそう決意を固めた時、

「びゃっこさま、はいってぃーぃー?」

襖戸の向こうから秋の波の声がした。

「うむ、入っておじゃれ」

返事をするとすぐに、しつれーしまーす、と一応断りをしてから、秋の波が入ってきた。

その手には、白狐の前にあるのと同じピザの箱がある。

「おお、秋の波、そなたも伽羅からもらったでおじゃるか」

「うん! もってきてくれたゆうなぎがいうにはさー、おれと、びゃっこさまと、こくようさま、さんにんとも、ちがうぴざなんだって」

秋の波の言葉に箱を見れば、ちゃんと『白狐様用』と表書きをされている。秋の波の箱には『かわいいあきのはちゃんへ♥♥』と、書かれていた。

「あけたら、ろくぴーすにきってくれてて、びゃっこさま、おれとにまい、こうかんしない?」

「おお、ならば二種類が楽しめるでおじゃるな。……ということは、黒曜もいれれば、三種類楽しめるではないか」

白狐が即座に返す。

「うん。でも、おれまだ、こくようどののへやに、はいれないからさー、さきにびゃっこさまのところにきたんだ」

「そうでおじゃったか。では秋の波、ここで待っているでおじゃる。我が黒曜のところに行って、交換してくるでおじゃる」

「やった！　びゃっこさまならそういってくれるとおもってたー！」

嬉しそうに秋の波は言う。

白狐は立ち上がると、背中に秋の波と自分のピザの箱を乗せてもらい、意気揚々と黒曜の部屋へと向かった。

「黒曜殿、入るでおじゃるぞー」

声をかけ、返事がある前に襖戸を開けると、黒曜が今にもピザを食べようと、手に取ったところだった。

「待つでおじゃる」

白狐は急いで中に入る。

「なんだ、一体……ピザなら間に合っているぞ」

白狐の背に乗ったピザの箱を見て、黒曜は言う。

「差し入れに来たわけではないでおじゃる。まあ、とりあえず背中の箱を下ろしてくれぬか」

白狐の言葉に従い、黒曜はピザの箱を取ってやる。

するとと白狐はちょこんと座り、

「秋の波が先ほど我のところに来たでおじゃる」

そう言い、秋の波が言ったとおりのことを説明する。

「まあ、確かに……飽きずに食べられそうだな」

「では、そなたも乗るでおじゃるな？」

「ああ」

「では取り分けるでおじゃる」

そう言ってピザの箱を開け、二切れずつ交換していく。

「これでよいでおじゃる……。ああ、夜食が楽しみでおじゃるなあ……仕事もはかどりそうでおじゃる」

「夜食のために仕事をするのか？」

少し呆れた様子で言う黒曜に、白狐は、

「気持ちの乗っているときに仕事をしたほうが効率がよいでおじゃるからな。邪魔をした、では、またな」

そう言うと、また背中にピザの箱を乗せて足取り軽く部屋を出ていく。

それを見送った黒曜は術で襖戸を閉めると、ようやくピザにありついたのだった。

さて、その後、無事に交換を終えたピザを、秋の波は翌朝——もうすでに夕食は終えていたので——厨《くりや》で温め直してもらって影燈と一緒に、食べた。

そして白狐はと言えば、

「お仕事にいそしんでくださったのは嬉しいですが、トマトソースなどの濃い色のものを食べる時は気をつけてくださいと、以前にも申し上げましたよね？」

朝から、側近の紅雲《くれぐも》に叱られていた。

理由は白狐の顔にある。

口の周りに、昨日、ピザを食べたあとに拭き取り忘れたトマトソースの色が残り、毛が染まってしまっていたのだ。

「ただでさえ、白は汚れが目立つんですから……」

オレンジ色に染まった口の周りを見せられて、白狐は伏し目がちに、

「すまぬでおじゃる……」

謝罪を口にする。

「まあ、汚してしまったものは仕方ありません」

ため息をつきつつ、紅雲は温タオルで白狐の口元を拭った。

だが、完全に染まってしまっているらしく、ほぼ変わりがない。

「……漂白剤を使うしか」

「体に悪そうでおじゃる」

「では、毛刈りですかね」

即座に繰り出されたキーワードに、白狐は九尾を萎えさせたのだった。


その後、白狐の部屋へピザの味について感想を述べ合いに来た秋の波は、白狐の染まった口元を見て、

「く、くちべにみたいじゃん！」

とフォローをしたのだが、フォローしきれず、結局、色が落ちるまでの数日、白狐は微妙にオレンジ色の口元で過ごしたらしい。

おわり

浴衣でＧＯ!!

CROSS NOVELS

過疎化《かそか》の進む集落では、いろいろなことが簡略化されるのは致し方のないことだ。

何しろ様々な企画があっても、住民の大半は高齢者で、実施できるマンパワーがない。

そんなわけで、集落の夏祭りと秋祭りも、ここ十年ほどは簡略化され、祭りの日だけ、神主に来てもらって祈禱してもらう、というくらいのことになっていた。

が、そんな流れは、ある年から変わりつつあった。

無論、変えているのは孝太《こうた》である。

一年目は集落の簡略化された風習を「へぇ、そうなんスね」と傍観していたのだが、二年目から「なんかしたいっス！」と率先して計画を立て始めた。

無論、その「なんかしたい」の根源には集落住民全員の孫・陽《はる》の存在がある。

「風船釣りは今年も外せないっス」

佐々木《ささき》の作業場の三時のおやつ時、今日は陽が来ないので作戦会議が開かれていた。

「あと、輪投げもじゃな」

「射的もできりゃあ、面白いんだが」

集落の住民が多かった頃は、数はそう多くないながらも露天商が来て、祭りを盛り上げてくれた。

だが、それも途絶えて久しいため、かなり寂しい祭りなのだ。

しかし、楽しい体験を、可愛い陽にはしてもらいたい。

そんなわけで、みんなで手作り夏祭りを画策しているのである。

定番は水を張ったたらいに水入り風船を浮かべる、風船釣りだ。

あと、作り物の金魚を一メートルほどの細い竹の枝の先に吊るした鉤《はり》と糸で釣り上げる金魚釣りだ。

この金魚釣りは大人でもわりと難易度が高い。

陽専用金魚は鉤を引っ掛ける輪っかの部分を大きくしてあるが、大半の金魚は直径一・五センチ程度のシビアな輪っかなのだ。

それをフラフラ揺れる糸先の針金フックに引っ掛けるのだから、かなりの集中力を必要とする。

必死になって釣り上げようとする男たちを「まったく童心に返っちゃって」と眺めていたおばあちゃんたちも、あまりにみんなが夢中なので「なら、私もちょっと」と参加してまんまとハマっていた。

そして露天商が提供する食事の代わりには、佐々木家の庭にあるバーベキューセットを神社の境内の端に置かせてもらい、そこで焼いたフランクフルトや焼きそばなどを振る舞った。

金魚釣りの順番待ち、または挫折した大人たちはその周辺でたむろしてビールを飲み、場所を変えた飲み会が始まっていて、集落の住民すべてというわけではないものの、そこそこの人数がお参りついでに楽しんでくれた、と孝太は思っている。

ならばもっと楽しめるものを増やそう、と、毎年、ゲームが追加される。

去年からは輪投げが追加され、今年は射的もどきが追加されそうである。

「祭りってぇと、昔は出会いの場だったよなぁ」

懐かしげに関《せき》が言う。

「そうじゃった、そうじゃった。同級生が浴衣で来てたりしたら、妙に落ち着かんかったもんじゃ」

大前《おおまえ》も頷きながら言う。

「あー、分かるっス。お団子髪に簪《かんざし》さしてたりとかして」

孝太も同意する。

「女の子は浴衣着てくる子多かったよね。俺は着たことないけど、孝太くんはある？」

秀人《ひでと》が問うと孝太は、

「俺は甚平着て行ったっスよ。後ろに肩口から袖にかけて龍の刺繍《ししゅう》のあるやつ」

自慢げに言う。

「あ、うん。簡単に想像ついた」

人は外見で判断してはいけない、と言われるが、孝太はきっと学生時代は多少やんちゃなところがあったんだろうなと予測していた秀人にとって、龍の刺繍の甚平は予測の範囲内だった。

「あと、鬼の刺繍のも持ってたっス」

更に自慢げに付け足してくる孝太に、

「それで盆踊りとかも行ったりとか？」

と聞いた秀人に、孝太は、

「それっス！」

興奮した様子で言った。

「今度は何を思いついた」

佐々木が慣れた様子で問うと、

「盆踊りやるんスよ。浴衣着て！」

孝太は輝くような笑顔で提案した。


孝太の提案から三日、孝太が盆踊りの話を陽にしたところ、お散歩パトロールの時に集落のおばあちゃんたちに、

『こうたくんがね、なつまつりに、ぼんおどり、しようって』

と知れ渡り、あっという間に集落中に、神社の夏祭りの時に今年は盆踊りもやるらしい、と広まった。

盆踊りはどちらかといえば仏教の行事で、神社とはかかわりがないのだが、陽からにこにこ笑顔で、

「さいじんさまの、なつまつりのときに、ぼんおどりもするんだよ」

と報告を受けた祭神《さいじん》は、そうか、それは楽しみだと笑顔で返していたらしい。

祭神にとっては、仏式の行事が絡んでこようと、集落の住民が楽しく過ごせていることが大事なので、大した問題ではないようだ。

こうして、盆踊りが決定事項となった集落だが、ここで動いたのはおばあちゃんたちである。

ある日、孝太と秀人がレンタルハウスの点検でかち合い、そのまま二人で相談がてら別のレンタルハウスへの移動中、井戸端会議中の集落のおばあちゃんに声をかけられた。

「夏祭りで盆踊りするんじゃろ？」

「そうっスよ。待ってるんでおばあちゃんたちも一緒に踊ってくださいよ」

孝太が言うのに秀人も頷く。その二人に、

「あんたら、浴衣はどうすんの？」

「え？　浴衣っスか？」

「陽ちゃんのはおソノさんが作り始めてるけど」

集落の孫のはじめての盆踊り、いわばデビュタントを何もせずに待つだけのおばあちゃんたちではなかった。

元和裁士である西岡《にしおか》は毎年一着、陽の甚平を作製している。

最初は家に残っていた生地を使ってだったのだが、今では新たに生地を購入して作っているし、何なら伽羅《きゃら》の作成した、集落のおばあちゃんたちの手作り品の販売サイトで製作を請け負っていて――もちろん着用モデルは陽だ――、注文が再開されるとすぐに埋まるらしい。

「俺らは普通の格好でいいかなーって思ってるんスけど？」

そう言って孝太は秀人を見る。秀人もそのつもりだったので頷いた。

しかし、

「だめよぉ、陽ちゃんが浴衣着るんだから、お兄ちゃん二人も浴衣着ないと」

「そうそう。若い衆が率先して祭り気分を盛り上げげんと」

おばあちゃんたちからは即座にダメ出しがきた。

「じゃあ、量販店でなんか安いの見繕ってきます」

秀人がそう返すと、

「わざわざ買わんでも、一日だけのことじゃから誰かの借りたら？」

「あ、じゃあおじいちゃんの借りようかな」

「後藤《ごとう》のじいちゃんは…持ってるじゃろうけど、秀人くんと身長が違うから、つんつるてんかもねぇ」

そう言って、おばあちゃんたちは思案顔をしてから、

「あ、松川《まつかわ》のおじいちゃん、確か背ぇ高かったわよ」

「ああ、大きい人じゃった！」

「残ってたら、それ借りたらええわ」

と結論を出し、善は急げとばかりに二人を連れて松川家に向かった。

松川のおばあちゃん宅に行き、おばあちゃんたちにより事情説明が行われると、遺品整理の途中で力尽き、若い頃の浴衣の類いは行李に入れて押し入れの天袋にある、と言うので、それを孝太と秀人の二人で天袋から件の行李を下ろした。

長くしまわれていた行李の中はタイムカプセルと同じで、中には思いがけず家族全員の浴衣が詰められていた。

「あらあら、可愛い甚平」

「陽ちゃんに……はさすがに小さいわねえ」

二歳児に着せるくらいの甚平にマダムたちは和む。

ほかにも松川の若い時の華やかな浴衣も複数出てきたし、娘と息子が着ていたという小学生くらいのサイズの浴衣も出てきた。

そして、松川の夫の浴衣もあったのだが、この浴衣も複数あった。

「うちのお父さんは着道楽じゃったし、昔は家に帰ったら浴衣着とったりもしたから」

「ああ、うちも昔はそんな時あった、あった」

ということで、孝太と秀人がとりあえず体に当ててサイズを見たところ、丁度だった。

サイズが合うとなると、二人に似合う色柄である。

「孝太くんは濃い色がええじゃろ、この濃い灰色の吉原《よしわら》つなぎの模様のにして、帯には明るい色使うて」

「秀人くんはそしたら明るい色にしたらええかもねぇ。この白地の井桁絣《いげたがずり》どうじゃろ」

「じゃったら帯はこっちか、こっちで」

おばあちゃんたちは、楽し気にきゃいきゃいと盛り上がって二人のコーディネートを決め始める。

その楽しそうな様子に、とりあえず二人はこの後予定していたレンタルハウスの点検の時間をすべて献上する覚悟を決めたのだった。


陽、孝太、秀人の三人が祭りの日には浴衣を着るらしい、という情報は、やはり陽によって再びあっという間に集落に周知された。

となると、黙っていないのがおじいちゃんたち、特にフィジカルエリート勢である。

ある日、秀人が家に帰ると後藤が蔵を開けていて、何か探してるんなら手伝おうかと声をかけたところ、後藤が探していたのは浴衣だった。

「おまえらが浴衣を着るなら、浴衣を持っとる奴は着ようって話になってな」

どうやら雪合戦のオールドブラザーズをメインに浴衣を着ることになったらしい。

こうして夏祭りには、予想外に多くの面々が浴衣で神社を訪れることになった。

「もー、師匠たちすぐに若者に張り合うんスからー」

と、孝太はぼやいていたが、訪れるおばあちゃんたちにアイドル撮影会さながら、陽と秀人と三人でのショットのみならず、単体での撮影も望まれるなどしてなかなかにご機嫌だった（なお、秀人も結構写真を撮られていた。一番はやはり陽だが）。

そして浴衣のオールドブラザーズは、陽にキラッキラの目で、

「おじいちゃんたち、みんな、ゆかたかっこいい！　もっとゆかたきればいいのに」

と言われて、ご機嫌気分で、金魚釣りを楽しんだり、吹き矢――射的は無理だったので吹き矢になった――を楽しんだり、バーベキューで楽しく飲んだりしていた。

もちろん、盆踊りも踊ったが、踊り納めはなぜかオクラホマミキサーという珍事で、その様子を祭神は、楽しく見守り、集落の夏祭りは今年も盛況で参拝客を笑顔にしたのだった。

おわり

こんにちは。ギリギリで締め切りの危ない橋を渡り続けている松幸《まつゆき》かほです。この原稿が落ち着いたら、部屋を片付けるんだ……と夢を見ている汚部屋住まいです（安定安定）。

そんな、毎度おなじみしょっぱいつかみからの、婿取り21巻でございます！　大変長らくお待たせして申し訳ありませんでした。約一年ぶり……い、一年…冷や汗が。

年を取ると時間が過ぎるのを早く感じると言いますが、今、冷静に振り返って、もうお祝いしていただいた20巻から一年なの……？　と動揺を隠せません。

今回はその20巻の後始末回でございます。それぞれが日常を取り戻すまで、みたいな感じ。

懐かしい人たちも出てきたりしますが、誰が出てきたかはお楽しみにというか、いたいた、こんなキャラ、と思い出してくだされば嬉しいです。

そんな今回も、ダダ遅れの原稿でご迷惑をおかけしてしまったのは、みずかねりょう先生です。毎回素敵すぎるイラストを描いてくださって、頭が上がらない、全力で常に平伏だというのに、新たなやらかしをゴリゴリ

あとがき

重ねている私。本当にすみません……心を入れ替えて頑張りたいです（決意ではなく、努力目標にしてる時点でアカン気がする）。

迷惑をおかけしてしまったのは、みずかね先生だけではなくて、当然、担当のT嬢（なお、めっちゃ可愛い）もです。毎回、私のやらかしを真っ先に被弾させてしまって申し訳ない……本当に申し訳ない。キャラクターに賄賂を持たせて、お詫びをしたいと思います。

そして、続きを待ってくださっていた皆様にも、本当に申し訳ありません。次回はお待たせせずに済むように、頑張りますね！

あ、念のために申し上げますと、遅れた事情は病気とかじゃないので、大丈夫です。元気にしてます。元気にしてるのに原稿が遅れたので、申し訳なさがマックスでな。

本当に、すぐにお会いできるように頑張りますので、なにとぞよろしくお願いします。

激しすぎる気温変化についていけない十月初旬　　松幸かほ

神様、今度はまさかのガチ予告!!
シリーズ10周年記念
2ヶ月連続刊行！
21巻のつづきが、すぐに読めちゃう♡
野狐問題解決のために奔走する稲荷神たち。
そして敵、黒鉛の過去がついに明かされる——。
大人気・狐の婿取りシリーズ22弾！
「狐の婿取り22」（仮）
2024年12月10日発売予定！
著・松幸かほ／絵・みずかねりょう
※小説内容は正しいです。
黒鉛の過去、気になります！
イラストは21巻の表紙とつながるイラストです。お楽しみに♡

CROSS NOVELSをお買い上げいただき
ありがとうございます。
この本を読んだご意見・ご感想をお寄せください。
〒110-8625
東京都台東区東上野2-8-7　笠倉出版社
CROSS NOVELS 編集部
「松幸かほ先生」係／「みずかねりょう先生」係

CROSS NOVELS

狐の婿取り —神様、案ずるの巻—

著者
松幸かほ

2024年11月23日　初版発行　検印廃止

発行者　笠倉伸夫
発行所　株式会社　笠倉出版社
〒110-8625　東京都台東区東上野2-8-7　笠倉ビル
[営業]TEL　0120-984-164
FAX　03-4355-1109
[編集]TEL　03-4355-1103
FAX　03-5846-3493
https://www.kasakura.co.jp/
振替口座　00130-9-75686
印刷　株式会社　光邦
装丁　磯部亜希
ISBN　978-4-7730-6506-0
Printed in Japan